나는 식물을 따라 걷기로 했다

초판 1쇄 발행 2021년 9월 3일
초판 2쇄 발행 2024년 6월 20일

글·그림   한수정
펴낸이   조미현

책임편집   김호주
디자인   정은영

펴낸곳   (주)현암사
등록   1951년 12월 24일 · 제10-126호
주소   04029 서울시 마포구 동교로12안길 35
전화   02-365-5051
팩스   02-313-2729
전자우편   editor@hyeonamsa.com
홈페이지   www.hyeonamsa.com

ⓒ 한수정, 2021

ISBN 978-89-323-2164-6 03810

나는 식물을 따라 걷기로 했다

한수정 지음

현암사

차례

3

한
사
람
으
로
서
기
위
하
여

식물을 따라 걷는 길

처음엔 그저 식물이 좋았다. 아름다워서 좋았고 마음을 평온하게 해주어 좋았다. 식물을 바라볼 때면 가슴속 깊은 곳에서 파도가 일렁였다. 그 일렁임은 언제나 충만함을 주었고 몽상가인 나를 일어서게 했다. 어디로 가야 할지 주저하고 방황하기도 했지만 식물이라는 나침반이 끝내 알려준 곳은 모든 생명이 어우러져 살아가는 거대한 지구라는 숲이었다.

두 아이의 손을 양손에 잡고 춘천을 찾았을 때 나의 두 눈은 초점이 없었고 가슴은 사막 같았다. 오늘 하루만 버티게 해달라고 기도하며 아침을 시작해 무탈했던 날에 감사하며 하루를 마쳤다. 그런 나를 위로해준 유일한 존재는 식물들이어서 매일 식물을 만나기 위해 집을 나섰다. 나무 아래 가만히 서서 그 세계를 들여다보면 나와 같지만 다른 생명의 오늘이 펼쳐졌다. 그런 생명을 마음을 다해 보고 만지며 관찰하니 죽은 것 같았던 나의 감각이 조금씩 활기를 띠었다.

같은 곳의 나무와 풀들의 변화를 꾸준히 지켜보며 지식이 아닌 나의 감각으로 생명을 이해하고 사랑하게 된 것은 내 삶의 전환점이었다.

식물들은 언제나 이렇게 말했다.

"네 눈으로 세상을 봐. 다른 사람이 아닌 바로 너의 감각과 너의 느낌으로. 그것을 믿고 따라가. 아무리 하찮은 들풀도 자신을 중심으로 세상이 돌아가지. 모든 생명의 주체는 바로 나 자신이니까."

※

춘천에서의 6년은 삶에 어수룩한 나를 한 사람으로 성장시킨 시간이었다. 허공에 떠 있던 두 발을 땅에 디디고 서서 따스한 햇살과 바람을 맞으며 어디를 바라보고 어디를 향할지 그 길을 선명하게 발견한 시간이었다. 식물을 관찰하여 그림으로 그리고 아이들과 함께 숲과 계곡에서 생명을 만나는 조용한 일상은 잔잔하게 혹은 강렬하게 생의 진리를 일러주었다. 너무나 당연하지만 삶과 괴리되어 잊고 살아온 소중한 진리, 그것은 작은 풀꽃도, 나풀거리는 나비도, 저 멀리에서 지저귀는 새도, 모두가 소중한 생명이라는 사실이다. 그들을 바라보는 우리까지도.

생명들은 서로 긴밀히 연결되어 있다. 나무와 풀은 곤충과 새들에게 집과 먹이를 제공하고, 동물의 배설물과 사체가 썩어 만들어진 흙은 다시 식물들의 양분이 된다. 서로가 서로의 생의 기반이며 생존의 근원이다. 생명들 간에 보이지 않는 무수한 연결고리가 이어져 거대한 자연이 되고 그것이 질서를 이루어 세계를 움직이는 힘이 된다. 과연 어떤 생명이 이 힘으로부터 자유로울 수 있으며, 어떤 생명이 자연과 단절되어 건강한 삶을 살 수 있을까. 인간 또한 생명이며 그들의 일부라는 사실이 새삼 새롭게 다가와 내 마음에 깊은 안정감을 주었다. 자연은 내 생의 기반이자 근원이다.

나는 초록빛의 작은 풍뎅이 앞에 앉아 서로에게 연결된 끈을 감지했다. 반짝이듯 지나가는 나비와 길가에 핀 이름 모를 들풀도 다르지 않았다. 그들은 결코 나와 무관하지 않다.

✳

여행을 하듯 자연 속을 탐험하고 돌아오면 인간 세상이 낯설게 느껴졌다. 자연을 바라보는 시각이 달라지니 세상을 바라보는 관점도 전과 달랐다. 늘 익숙하게 보아온 풍경이 생경했고, 아무렇지 않게 지나쳤던 상황 앞에서 차마 발길이 떨어지지 않았다. 그것은 당황스럽고 놀라운 발견이었다. 인간이 자연을 대하는 방식과 이면의 욕망을 숨길 수 없이 마주한 순간이기도 했다.

자연을 착취하여 물질적 욕망을 채우는 인간의 모습 뒤로 그 행위의 결과들 또한 하나둘 시야에 들어왔다. 전에는 나와 상관없는 듯 흘려 들었던 지구촌 곳곳의 신음이 내 귀에 선명하게 들려왔다. 생명들의 연결점을 이해하고 감지하고자 하는 나로서는 환경 위기는 근원이 흔들리는 생존의 위협이었다. 조용하고 평화로운 내 일상이 그런 위협의 한가운데 있다는 사실은 나에게 진정한 변화를 요구했다.

나도 모르는 사이 고착되어버린 일상을 바꾸기 위한 노력을 시작했다. 쓰레기를 줄이고 내 손의 수고로움을 늘리며 외면적 아름다움보다 가치를 위한 일상을 만들어나갔다. 이 시대에 몸을 담그고 살며 편리로부터 뒷걸음질 치는 역행이 힘겹고 외롭게 느껴지기도 하지만, 멈출 수 없고 멈춰서는 안 되는 한 생명의 과제다. 무엇보다 내 아이들을 사랑하기에 부모로서 지켜줘야 할 행복이다.

※

식물을 따라 걸으며 나는 성장했다. 걷고 또 걸으며 묻고 또 물었다. 어떤 답은 눈앞에 있었고 어떤 답은 오랜 기다림이 필요했다. 예상치 못한 길이 나오기도 하고 한 발짝을 떼기도 어려운 때도 있었지만 언제나 내 곁엔 식물이 있었다. 식물은 숲이 되고 자연이 되어 나에게 더 큰 의미의 행복과 충만함을 주었고 그에 따르는 책임과 역할도 일러주었다.

어른이 된다는 것은 그러했다. 좋은 것을 받으면 내가 받은 소중한 것을 지키기 위한 노력이 필요하다. 이제 나는 어른이 되었고 나에게 주어진 책임과 역할을 잘 알고 있다. 내 아이들을 위해서라도 어른으로서 해야 할 것들을 충실히 이행하며, 내 아이들에게도 무엇이 소중한지, 그것을 지킬 방법이 무엇인지 마땅히 가르쳐야 한다. 그것이 세대가 다음 세대에게 줄 수 있는 유일한 가르침이다.

아직 나에게 남아 있는 길에 식물은 또 무엇을 가르쳐줄까. 어쩌면 내가 아직 경험하지 못한 노년의 삶, 그리고 죽음이 아닐는지. 생명이라면 누구도 피할 수 없는 마지막 길이다. 귀를 쫑긋 세워 바람결에 흩날리는 작은 속삭임을 들어봐야지. 내 삶의 마지막 순간까지.

1

식물을 따라 걷다

필연의 공간

"우리 춘천에서 살면 어때?"

캐나다에서 낯선 일본으로 이사한 지 2년쯤 지난 어느 날, 남편이 갑작스럽게 물었다. 귀국을 위해 갈 곳을 찾고 있는 것은 알았지만 아무 연고도 없는 춘천이라니. 익숙한 그 지명이 어쩐지 낯설게 느껴졌다. 스무 살 시절 한두 번 갔던 짧은 여행이 전부인 곳. 조용한 산과 호수, 자전거를 구르던 유유자적한 산책길이 문득 떠올랐다.

그리고 어렴풋이 생각난 지난날의 꿈. 강원도에 한번 살아봤으면. 언제 어떤 계기로 생긴 꿈인지는 잘 기억나지 않지만 나에게 강원도는 일상에서 벗어난 공간이었다. 본래의 숲이 지닌 짙푸른 색과 원초적 자연성이 여전히 살아 숨 쉬는 곳. 자연이 자기 고유의 삶을 살아가는 곳이다. 그런 공간에서 매일의 일상을 보내는 기분은 어떤 것일지, 젊은 시절 품었던 강원도를 향한 막연한 동경의 마음이 새삼 떠올랐다. 20여 년이 지난 지금, 그곳이 어떻게 변했을지 알 수 없지만, 그럼에도 강원도라는 공간은 거부할 수 없는 매력으로 다가왔다. 잊혔던 꿈이 이렇게 현실로 찾아오다니. 생의 한가운데 타국에서의 삶에 지친 우리에게 손짓하는 곳이 춘천이라는 것은 놓쳐선 안 될 운명처럼 느껴졌다.

✳

결혼 후 6년의 시간 동안 남편의 꿈을 따라 미국에서 캐나다, 일본으로 거주지를 옮기며 지냈다. 결혼 무렵 남편은 미국의 한 회사에서 일하고 있었는데, 1년이 지난 어느 날 회사를 그만두고 학교로 돌아가 자유롭게 연구를 하고 싶다고 말했다. 오랜 동안 마음에 품은 꿈인 것을 알고 있었지만 그저 지나가는 푸념이 아닌 결의에 찬 모습을 보긴 처음이었다. 남편의 말에서 절박함이 느껴졌다. 아무리 배우자라 한들 한 사람의 꿈을 막거나 거부할 권한이 있을까 싶었다. 비록 앞날이 불투명하고 예측불허라 해도 말이다. 나는 남편의 뜻을 지지하고 싶어 선뜻 원하는 대로 하라고 했다.

캐나다의 한 대학에서 제안을 받게 되면서 우리는 온타리오주의 작은 도시로 이사를 했다. 생각보다 긴 3년의 시간이 흐르는 동안 남편은 연구를 이어갔고 나는 그사이 첫째 아들을 출산했다. 그리고 뒤이어 남편이 일본의 대학에서 일하게 되면서 그곳에서 둘째 딸을 낳았다. 가족이 늘고 경제적으로 힘든 나날이 계속되었지만 계약직인 남편의 연구는 그 끝이 보이지 않았다. 불안감에 찬 남편이 더 많은 시간을 일에 집중하면서 낯선 나라에서의 육아를 비롯한 모든 일상적 일들은 오롯이 내 몫이 되었다.

둘째를 낳은 뒤로는 혼자 짬짬이 그리던 식물 그림도 완전히 놓게 되었고, 오랫동안 가까이에 가족 하나 없이 마음의 위안을 받지 못하니 몸과 마음이 점점 지쳐갔다. 그런 와중에 산후우울증이 찾아왔다. 삶의 의지가 점점 사라지고 눈물이 마를 새 없이 흘러 하루를 버티기 힘든 날들이 이어졌지만, 어디에도 도움의 손길을 청할 수 없었다. 일본의 보건소에서도 한국인 정신과 상담사를 구하기 어려워 도움을 줄 수 없다는 말뿐이었다. 게다가 네 살이 된 큰아이는 캐나다와 일본에서 생활하며 언어 혼란이 가중되어 말이 비정상적으로 느렸다. 소통이 잘되지 않다 보니 떼가 점점 심해져 마음대로 외출을 하기도 어려운 지경이었다. 의사소통이 막힌 채 점점 무표정해져 가는 아이를 눈앞에 두고도 엄마로서 아무것도 할 수 없는 현실 속에서 해결책을 찾아야겠다는 마음이 간절했다.

숨길 수 없이 우리 가족의 위기가 수면 위로 떠올랐다. 도움을 주려는 고마운 사람들도 있었지만 아이에겐 안정되게 모국어를 사용할 수 있는 환경이, 그리고 나에겐 병원 치료가 무엇보다 절실했다. 남편과 나는 매일 악화되어가는 상황을 더 묵과할 수 없어 결국 어렵게 한국행을 결정했다. 더 나은 직장이나 조건을 따질 겨를도 없었다. 남편이 가장 빨리 일을 시작할 수 있는 곳이 우선이었다.

바로 그 순간 우리에게 손짓한 곳이 춘천이었다. 다행히 춘천의 한 대학에서 남편을 필요로 했고, 비록 계약직이지만 한국에서의 삶을 시작할 수 있게 되었다. 결정한 지 일주일 만에 우리는 일본 생활을 모두 정리하고 춘천으로 향했다. 그것은 막다른 골목에 다다른 우리 가족에게 다가온 한 줄기 작은 빛이었다.

늘 곁에 있던 식물들

할아버지는 젊은 시절 타향살이를 하며 나무 키우는 법을
배우셨다. 그 기술로 고향에 돌아와 나무 농장을 일구셨고
아버지가 대를 이어서 운영하셨다. 시골 동네 산 아래에 자
리 잡은 우리 집은 이른 새벽부터 나무를 캐고 트럭에 싣는
소리로 요란하곤 했다. 일꾼 아저씨들이 마당에서 나무를
옮기며 북적거리는 날에는 새참을 만드는 엄마 손길도 덩달
아 분주했다. 어린 시절 나무가 심어진 농장 사이를 누비며
뛰어 놀았던 기억, 농장의 나무들을 유심히 살피시던 할아
버지와 아버지의 모습이 흑백사진처럼 기억에 선명하다.

　너무나 당연하게 식물들에 둘러싸여 살았지만 정작 난 식
물에 아무런 관심이 없었다. 어쩌면 늘 심각하게 향나무나
단풍나무 이야기를 하시는 어른들의 표정 때문이었을 수도
있고, 혹은 먹고사는 일이다 보니 단 한 번도 다정한 마음으
로 부모님과 함께 나무 앞에 서본 적이 없어서인지도 모르

겠다. 식물은 우리를 먹여 살리는 존재일 뿐, 그 이상도 이하도 아니었다.

내가 대학에 다니던 무렵 아버지는 사업을 정리하고 새로운 일을 준비하느라 한동안 집에서 많은 시간을 보내셨다. 나는 아버지와 집 앞의 공원을 자주 산책하곤 했는데, 그때마다 길에서 만나는 식물들에 대해 재미있는 강의를 들을 수 있었다. 눈에 보이는 모든 식물들의 이름은 물론, 식물의 특성과 그에 얽힌 아버지 어릴 적의 에피소드까지 처음 듣는 식물 이야기는 아무리 들어도 지루하지 않았다.

반평생 식물을 심고 키우는 일을 하셨으니 그에 대한 각별한 마음이 있는 게 당연했을 텐데 아버지에게 그토록 깊고 다양한 식물의 이야기를 듣는 것은 처음이었다. 그동안 미처 몰랐던 나무와 풀을 향한 아버지의 애정이 느껴져 주변의 식물들은 더욱 아름답고 푸르러 보였고, 비록 이름을 외우지는 못해도 어느새 주변의 식물들과 친해진 기분이었다.

※

대학 졸업 후 서울에서 아버지의 일을 돕고 있던 나는 고향 시골집에 남겨진 식물 농장을 오랜만에 방문할 기회가 생겼다. 예전 같으면 식물들에 눈길도 주지 않았을 텐데, 그날따라 천천히 걸으며 살펴보고 싶었다. 오랜 시간 아버지 농장에서 키워진 것들이었지만, 나에겐 난생처음 만나는 얼굴처럼 낯설었다. 천천히 걸으며 풀들을 살피던 중 어느 신기한 모습의 식물 앞에서 걸음을 멈추었다. 길쭉한 대롱 같은 줄기가 막대기처럼 서 있는 다소 괴상한 모습이었다. 꽃도 잎도 눈에 띄지 않고 오직 초록색의 대롱에 검은빛의 마디가 져 있었다.

힘을 주어 톡 뽑아보자 쑥 뽑혀버리는 녀석. 게다가 속은 대나무처럼 비어 있다. 원시림에서나 자랄 법한 독특한 모양의 이 녀석이 조경용 식물이라니? 이름표를 찾아보니 '속새'라는 식물이었다. 한쪽 옆에 무리 지어 있는 모습이 의외로 멋진 분위기를 자아냈다. 호기심에 한참을 그 앞에 앉아 자세히 들여다보았다. 통상적인 식물의 아름다움에서 벗어난 독특한 구조는 묘한 만족감을 주었다.

'이런 식물도 존재했던가?'

이전까지 내 머릿속에 입력되어 있던 틀에 박힌 식물의 개념이 무색한 순간이었다.

몸을 한껏 낮춘 채 또 다른 재미있는 식물들은 없는지 두리번거리며 걷다 보니 속새 외에도 재미있는 구조들이 속속 눈에 들어왔다. 인동, 범부채, 기린초, 원추리, 패랭이, 수크령 등 비슷해 보이지만 미묘하게 다른 매력을 간직한 식물들이었다. 들여다볼수록 각각의 존재가 뿜어내는 고유의 아름다움이 내 마음을 강하게 끌어당겼다.

그런 모습에 빠져 정신없이 들여다보는 사이 시간이 훌쩍

흘렀고 어느새 집으로 돌아갈 시간이었다. 발길을 돌리려는 데 문득 조금 전 느꼈던 선명한 감정이 무엇일까 싶었다. 무미건조한 회사 생활에 갇혀 미술을 공부했던 기억조차 희미해져 가는 나를 갑작스럽게 흔든 미적 만족감이었다. 낯설지만 기분 좋은, 놓치고 싶지 않은 설렘. 짧은 만남이었지만 돌아오는 길 내내 그 여운이 가시지 않았다.

※

그로부터 얼마 뒤 시골 농장의 관리자가 그만두게 되어 후임자를 찾아야 한다는 부모님의 대화를 듣게 되었다.

"제가 갈게요."

나는 선뜻 가겠다고 나섰다. 갑작스러운 선언에 아버지께서는 적잖이 놀라신 눈치셨다. 식물에 관한 지식이라곤 눈곱만큼도 없는 데다 한 번도 경험해본 적 없는 농장 일을 하러 시골에 내려가겠다니 놀라실 수밖에. 하지만 마땅한 사람을 찾기도 힘들거니와 자식 중에 누구라도 농장 일을 맡아서 했으면 하는 마음이 있으셨던 터라 한번 해보라며 허락하셨다. 갑작스러운 결정에 가족들 모두 의아해했지만 내마음은 단순했다. 나를 흔들었던 식물들을 다시 마주하고 함께 지내고 싶었다. 그저 그것이 내가 좋아하는 일을 찾는 작은 실마리가 되어주지 않을까 하는 기대와 함께. 나는 곧 짐을 꾸려 시골 농장으로 내려갔다.

식물이라는 나침반

아버지의 농장에서는 지피地被식물 200여 종과 수생식물 30여 종을 키웠다. 지피식물은 나무 아래 심는 작은 키의 풀들로 도시 조경에 주로 이용되는 다년생 초본류다. 그에 비해 수생식물은 하천의 자연을 복원할 목적으로 물가나 물에 심는 풀과 나무들이다. 갈대나 물억새, 부들, 갯버들 등이 대표적인 재배 수종이었다.

농장에는 오랜 기간 일하며 숙련된 작업자분들이 여럿 계셨기 때문에 나는 농장의 전반적인 일을 파악하고 관리 업무를 보면 되었다. 아침에 출근하면 농장을 돌면서 식물의 상태를 살펴 이름을 익히고, 그날의 작업 내용을 상의하여 하루 일과를 정했다. 농장 일은 1년을 주기로 식물의 생육에 맞추어 돌아가는데, 늦가을의 씨앗 채취를 시작으로 겨우내 씨앗을 말리고 이른 봄 파종을 하여 여름과 가을까지 잘 키워 판매하는 일이었다. 난생처음 해보는 농장 일이 능숙할

리 없었지만 매일 눈으로 직접 보고 배우며 한 해 한 해를 보냈다. 온종일 식물들을 바라보며 일하는 시간은 평화로웠고 물을 주는 단순한 노동조차 즐거웠다. 씨를 따고 뿌리며 식물을 살피는 마음은 어느새 익숙한 일상이었다.

✳

네 번의 봄, 여름, 가을, 겨울을 농장에서 보내는 동안 식물은 나와 가장 가까운 존재였다. 경험이 쌓이면서 식물의 전반적인 생육과 특성을 더 깊이 이해할 뿐 아니라, 농장 밖에서도 눈과 마음은 언제나 식물을 향했다. 식물에 대한 사전적 지식은 부족해도 식물마다 지닌 고유의 아름다움을 발견하고 마음으로 즐기는 일만큼은 나의 전문 분야였다. 작은 농장이었지만 오롯이 자연 안에서 아름다움을 찾고 그 안에서 충족감을 얻는 일상은 식물에 무지했던 나에게 놀라운 경험이었다.

식물의 아름다움에 흠뻑 젖어 그 세계를 조용히 탐험하는 사이 일에 대한 갈증이 조금씩 자라났다. 식물과 할 수 있는 뭔가 즐거운 일이 없을까 싶었다. 그저 잘 키우고 판매하는 일은 나에게 맞지 않는 옷 같았다. 내가 바라보는 관점을 표현하고 나누며 미적인 충족감을 내면 깊이 느낄 수 있는 그런 일은 없을지, 혼자만의 고민이 깊어졌다. 나는 관리 위주의 농장 일에 점차 흥미를 잃었고, 무언가 새로운 일을 찾아야겠다고 결심했다.

아버지와 상의 끝에 농장을 그만두고 도시로 돌아온 뒤, 마음 가는 대로 식물과 관련된 일들을 배우고 시도했다. 실내 정원 일과 화분 제작 등 식물과 관계된 미적 활동들이었다. 하지만 식물 분야의 직군이 그리 다양하지 않아 시도해 볼 만한 일의 폭이 넓지 않았고, 기존의 직업 안에서 억지로 찾기에도 무리가 있었다. 식물이라는 나침반에 기대어 나의 길을 찾는 일은 무모하게 느껴졌고 현실적인 벽에 부딪혀 더 나아갈 수 없었다. 그러던 중 남편을 만나 결혼을 하게 되면서 먼 미국으로 떠났다.

※

낯선 미국에서 즐겨 찾은 곳은 동네의 꽃집과 공원, 그리고 식물원이었다. 특히 도시에서 가장 큰 식물원인 보태닉 가든Botanic Garden은 제일 좋아하는 곳이어서 시간이 날 때면 들르곤 했다. 어느 날 입구에 비치된 리플릿을 펼쳤다가 식물원 내 교육원에서 다양한 프로그램이 진행 중인 걸 보았다. 무엇보다 눈길을 끈 건 '보태니컬 아트botanical art'였다. 호기심이 일어 관련 정보를 찾아보니, 보태니컬 아트란 식물의 종을 구별할 목적으로 과학적 관찰에 근거하여 정교하게 그리는 그림이었다. 다소 생소했지만 서구에서는 이미 대중적인 취미 활동으로 잘 알려진 분야였다. 식물을 그림으로 그리는 일이라니! 그것은 상당한 매력으로 다가왔다. 곧바로 강의를 듣고 싶었지만, 아쉽게도 이미 마감되어 다음 학기에나 신청 가능하다는 대답이 돌아왔다.

그로부터 얼마 지나지 않아 남편이 캐나다의 대학으로 자리를 옮기게 되면서 결국 보태니컬 아트 수업은 포기해야 했다. 캐나다로 이사 후 혹시나 하는 마음으로 관련 프로그램을 찾아보았는데, 집에서 두 시간 넘게 떨어진 도시에서나 수업이 열릴 뿐이었다. 아쉬움과 속상함에 포기를 해야 하나 한숨짓던 어느 날 우연히 국외 학생들을 대상으로 영국의 한 단체가 진행하는 수업을 발견했다. 물리적인 공간과 상관없이 우편을 통해 그림을 주고받으며 배울 수 있다니, 그야말로 내 상황에 안성맞춤인 수업이었다. 나는 두 번 생각할 것도 없이 등록을 했고, 주어진 커리큘럼을 따라 난생처음 식물 그리는 일을 시작했다. 2년여의 정규 과정은 일본으로 이사를 한 후에도 지속되었지만, 둘째를 낳은 후로 도저히 여력이 없어 1년간 쉬었다. 결국 일본을 떠나기 전 힘겹게 마지막 그림을 제출하면서 3년 만에 전 과정을 수료할 수 있었다.

춘천, 새로운 일상

춘천의 자연은 아름다웠다. 도시를 둘러싼 산은 포근했고 그 안을 가로지르며 흐르는 소양강은 고요했다. 산과 강이 만나 그려내는 그림은 말로 표현할 수 없이 내 머리와 가슴에 들어차 자연에 경이를 표하게 했다. 자연이 지배하는 도시는 인간의 도시보다 풍요롭고 충만했으며 우월했다. 나는 춘천에 온 지 얼마 되지 않아 이 도시를 누구보다 사랑하게 될 것임을 직감했다.

춘천은 지리적으로 최고의 조건을 갖추고 있었다. 북쪽으로 자리한 화천, 양구를 시작으로 홍천, 인제, 가평 등 천혜의 깊은 산을 품은 도시들이 주변을 에워싸고, 뻥 뚫린 도로를 한두 시간만 달리면 속초와 강릉, 고성의 푸른 바다를 만날 수 있었다. 지천이 깊은 산과 바다였다. 강원도 내의 도시들을 하루 만에 다녀올 수 있으니 여행은 일상이었고 돗자리와 도시락을 준비하면 여비도 필요 없었다. 우리 형편은 팍팍했지만 자연은 그것을 문제 삼지 않았다. 자연은 모두에게 평등하고 아낌없이 나누어주며 언제든 그 품을 활짝 열어주었다. 끝없이 펼쳐진 하늘과 아름다운 산의 굴곡들, 그 너머에 펼쳐진 바다를 보고 있으면 우리는 천국에 와 있는 듯했다.

＊

춘천에 온 후로 큰아이는 눈에 띄게 말수가 늘고 편안해 보였다. 한국어만 사용하는 환경에 오니 하루가 다르게 단어를 배워나갔고 소통도 원활해졌다. 무엇보다 자연 안에서 집중하고 놀 때는 떼쓰는 버릇이 사라져 모두가 편안했다. 아이는 그 어느 때보다 행복해 보였다. 새까맣게 탄 웃음기 가득한 얼굴을 볼 때면 엄마로서 미처 채워주지 못하는 부분을 자연이 대신해주는 것 같아 고맙고 또 고마웠다. 내 역할은 그저 뒤로 물러나 아이들이 마음껏 뛰어놀 수 있도록 지켜주는 것뿐이었다. 자연에 비하면 참 부끄러운 엄마였다.

나는 우울증 진단 후 약을 복용하며 평범한 일상을 되찾아 가고 있었다. 웃는 날이 생겼고 잠도 잤다. 미래에 대한 불안과 공허, 좌표를 잃은 상실감이 해소된 것은 아니었지만 적어도 하루를 버려낼 힘이 생겨났다.

매일의 목표는 오늘 하루를 잘 살아내고 가능한 한 가장 행복한 하루를 보내는 것, 살면서 한 번도 가져보지 않았던

목표였다. 낯선 목표 앞에서 한동안은 무엇을 어떻게 해야
할지 몰랐지만, 곧 내가 좋아할 곳이 마음속에 떠올랐다.

　오늘 하루의 무게를 온전히 느끼며 나를 위한 공간을 찾
아 나선 길. 마침내 나를 이끈 곳은 춘천 시내에 위치한 식물
원인 '강원도립화목원'이었다. 집에서 가까운 데다 가끔 찾
아오는 단체 학생들을 제외하면 조용하고 고즈넉한 분위기
가 편안한 곳이었다. 식물들마다 이름표가 적혀 있어 산책
하듯 걸으며 각양각색의 식물들을 만나볼 수 있었다. 이런
곳이라면 내 정원처럼 자주 와서 들여다보며 식물 공부를
하기 좋겠다는 생각이 들었다. 춘천에 온 뒤로 식물들을 더
가까이 접하고 알고 싶다는 갈증이 많았던 터였다.

　어쩌면 그림도 조금씩 시작할 수 있지 않을까? 화목원의
산책로를 걷는 내 심장이 그 어느 때보다 빨리 뛰며 쿵쾅거
렸다. 정말 오랜만에 느껴보는 설렘이었다. 나는 다시 식물
들을 향하고 있었다.

화목원의 봄

화목원(강원도립화목원)은 강원도에서 운영하는 공립 수목원으로 아담한 규모지만 제법 다양한 수종들을 보유하고 있다. 도시 외곽의 한적한 곳에 위치하고 산책로도 잘 마련되어 있어 조용히 식물을 관찰하기 좋았다. 이른 아침 아이들을 어린이집에 등원시키고 나면 카메라를 메고 화목원으로 향했다. 일주일에 두 번, 두 시간 반 정도의 시간을 그곳에서 보내며 식물을 관찰했고 나머지 시간엔 그날의 관찰물들을 그림으로 그려나갔다.

단조롭고 조용한 일상이었지만 나에게는 말할 수 없이 행복하고 소중한 시간이었다. 비단 식물들을 만나기 때문만은 아니었다. 잊고 있던 '나'라는 사람을 다시금 자각하며 식물을 마주하는 사이 죽은 것만 같았던 감각들이 하나둘 깨어나는 기분이었다. 식물을 보고 만지고 냄새 맡고 바람이 만들어내는 소리를 듣는 일은 외부에 머물지 않고 내 가슴속 깊은 곳까지 와 닿았다. 나는 식물을 보고 있다고 믿었지만 실은 식물들이 나를 흔들어 깨우고 있었다.

※

4월의 어느 날 나는 화목원을 향해 걸음을 재촉했다. 며칠 사이 또 어떤 변화가 있을지 못내 궁금했다. 4월의 봄날이란 하루가 달라서 식물의 움직임을 놓치기 쉽다. 부지런히 땅을 뚫고 올라와 그 위로 초록의 얼굴을 쑥 내미는 녀석들이 있는가 하면, 어느새 꽃망울을 만들어 곤충들을 부를 준비를 하는 녀석들도 있다. 나무들의 모습은 더 제각각이어서 아직도 겨울인 줄 알고 꼼짝도 안 하는 나무들이 있는가 하면, 잎이 나오기도 전에 꽃부터 피우는 성격 급한 나무도 있다. 사람의 귀에만 들리지 않을 뿐, 땅속 뿌리부터 나뭇가지 끝까지 봄날의 기운을 놓치지 않으려는 식물들의 소리로 시끌벅적하다.

첫 봄에 만난 풀 중 가장 인상에 남는 녀석은 '꿩고비'였다. 꿩고비는 얼핏 보아도 그냥 지나칠 수 없는 매우 특이한 모습이었다. 옹기종기 한 가족이 모여 있는 양 여러 개체가 하나의 뿌리에서 올라왔는데, 몸은 마치 노란색 거미줄을 뒤집어쓴 듯했다. 서로를 끌어안은 채 이야기라도 나누고 있는 것 같아서 보는 내내 입가에 웃음이 번졌다. 세상에 이런 모습의 새싹이 있다니! 처음 보는 희한한 모습에 한동

안 그 앞을 떠나지 못했다. 둥글게 생긴 머리는 대체 무엇이고 몸을 감싼 이 막은 또 무엇일까? 들여다볼수록 호기심은 커졌지만 다음을 기약하고 돌아섰다.

＊

다시 찾아간 꿩고비는 며칠 전과는 완전히 다른 모습이었다. 키는 쑥 컸고 둥글게 뭉쳐 있던 머리가 뒤쪽으로 젖혀지면서 그 속에 감춰두었던 잎들을 조금씩 풀어내고 있었다. 비로소 새싹의 머리가 둥글게 말려 있었던 이유를 알 수 있었다. 꼬깃꼬깃 접혀 있던 잎의 뭉치는 주먹 쥔 손가락을 펼치듯 조심스레 그 정체를 드러냈다.

그 모습은 놀랍고도 신비로웠다. 과연 이 녀석이 온전히 성숙해지면 어떤 모습일지 궁금해졌다. 식물도감을 찾아볼까 하다가 이내 그만두었다. 분명 몇 초 안에 쉽게 찾겠지만 그러면 이 신기한 풀에 대한 남은 호기심이 꺼져버릴 것 같았다. 식물을 바라보는 데 호기심만큼 나를 즐겁게 하는 것이 없으니 잘 간직하자 싶었다. 나는 기다리며 지켜보기로 했다. 이제 봄일 뿐이니 여름을 거쳐 가을, 겨울까지 보게 될 꿩고비의 모습을 마음으로 상상해보아도 즐거울 것 같았다. 그리고 그건 다른 식물들도 마찬가지였다.

나무의 시간

작은 풀들과 오랫동안 친근하게 지내온 반면 나무와는 일정 거리를 유지한 채 선뜻 다가서지 못했다. 얼핏 그 특징이 한눈에 들어오지 않아 구분이 어려운 데다, 애써 고개를 들어 위를 바라보는 일도 익숙하지 않았다.

농장에서도, 그림을 그리면서도 언제나 풀 종류만 가까이했는데, 춘천에 온 후로 크고 수려한 나무들을 만날 기회가 잦아지면서 점차 관심이 커졌다. 함께 시간을 보내며 공부하고 싶은 마음의 숙제가 있었지만 어떻게 해야 친해질지 마땅한 방법을 찾지 못했다.

그러던 참에 방문하기 시작한 화목원은 이런 갈증을 해결할 최적의 공간이었다. 아직껏 본 적 없는 수십여 종의 나무들을 만날 수 있는 것은 물론이고, 이름표까지 친절하게 부착되어 있어 나 같은 초보자에겐 더없이 고마운 길잡이였다. 예전 농장에서 그러했듯 지속적으로 이름을 접하다 보면 자연스럽게 그 이름을 부르게 될 것이 분명했다.

이름표 덕분에 나는 낯설지 않은 마음으로 나무 사이를 걸으며 천천히 꽃과 잎, 열매를 관찰할 수 있었다. 대부분 모르는 종류였지만 괜찮았다. 친해지는 데에는 시간이 걸리기 마련이니 부지런히 다가서다 보면 숨겨진 모습들이 하나둘 보일 것이다. 중요한 것은 나의 꾸준함이다.

한 계절 동안 발밑으로 눈에 띄는 꽃을 피우고 사그라지는 풀들과 달리 나무는 든든한 기둥을 버팀목 삼아 자신의 시간을 이끈다. 또한 스스로 때를 감지해 꽃을 피우고 잎을 내고 열매를 맺어 온 계절 동안 충실히 산다. 시기는 다를지언정 한시도 바지런하지 않은 나무는 없고 흐름을 잊는 법이 없다. 매일 변화하지만 변함이 없는 존재, 조용히 때를 알고 스스로 움직이는 주체적인 존재다.

그런 굳건한 나무를 바라보는 일은 왠지 모르게 마음에 힘과 위로가 되었다. 푸르른 초록의 잎들 아래 서 있으면 나도 나무의 시간 속으로 함께 들어가 내일이 없는 오늘을 살 수 있을 것 같았다.

✳

언젠가 대추나무 아래 서서 도통 잎이 나올 생각이 없는 가지를 보며 의아했다. 죽은 걸까, 아니면 살아 있지만 무슨 문제라도 있는 걸까? 이미 다른 나무들은 꽃과 연둣빛 잎들을 피워 완연한 봄을 맞이하고 있는데, 대추나무만 아직 겨울인 듯 꿈쩍도 하지 않았다. 특별한 이유라도 있나 싶어 한동안 나무 앞을 서성였지만 아무래도 알 수 없어 점차 그 존재를 잊고 있었다.

그러던 어느 날이었다. 멀리서 대추나무 위로 눈에 띄게 반짝이는 잎들이 일제히 움터 올라온 것이 보였다. 놀라 가까이 다가가 보니, 부드러운 연둣빛의 어린잎이 거칠고 투박한 나뭇가지를 뚫고 세상 밖으로 나와 있었다. 이토록 어여쁜 잎을 내밀 줄이야!

얼마 지나지 않아 대추나무는 반짝이는 잎들로 온통 뒤덮였고, 나뭇잎 사이로 작고 귀여운 꽃을 피우더니 여름 사이 보석 같은 열매를 잔뜩 맺었다. 과연 자신의 때에 맞춰 해야 할 일들을 묵묵히 이루어냈다.

대추나무의 놀라운 변화를 지켜보며 내가 가졌던 걱정이 얼마나 부질없는 것이었는지 무색한 마음이 들었다. 그 아래를 서성이며 근심하는 동안에도 대추나무는 부지런히 자신이 해야 할 일들을 하고 있었으리라. 시간이 오래 걸리는 속성을 조금만 눈치챘더라도 즐거이 기다렸을 것을. 아마도 내년엔 기꺼이 그럴 수 있지 않을까. 이제 나무라는 존재를 아주 조금 이해할 수 있으니 말이다.

열매를 키우는 여름날

분주한 봄의 기운이 여름의 따가운 햇살로 바뀌어가는 사이 나뭇잎은 어느새 짙은 녹색을 띤다. 이젠 여리고 부드러운 잎이 아닌, 조금은 단단하고 성숙한 잎이 되어 나무의 생존을 위해 열심히 일할 준비가 되었다. 잎의 계절 속에서도 태생적으로 여름을 즐기는 몇몇 나무들은 따가운 햇살 속에서 꽃을 피운다. 화려한 노란 꽃의 모감주나무, 황백색 꽃의 회화나무, 분홍빛이 아름다운 배롱나무 등이다. 건강한 초록의 잎 사이에 핀 꽃들이어선지 봄꽃보다 더욱 풍성해 보인다.

봄 사이 일찌감치 꽃 잔치를 끝낸 나무들은 빽빽해진 나뭇잎 사이에서 조용히 다음 일을 준비한다. 바로 열매를 맺는 일이다. 무성해진 나뭇가지 사이를 유심히 들여다보면 빈 꽃받침 자리에 작은 알맹이가 언뜻 보이는데, 자칫 놓치기 쉬운 작고 미미한 존재다. 열매가 여무는 모습을 한 번도 본 적 없는 나로서는 이 조그마한 존재가 여름내 관찰 대상

1호다.

여름은 잎의 계절인 동시에 열매를 키우는 시간이다. 벚나무처럼 여름이 오기 전 일찌감치 열매를 만들고 떨어뜨리는 부지런한 나무도 있지만 대부분의 나무들은 여름 동안 열매를 맺고 살찌운다. 나무마다 독특한 구조의 열매가 어떻게 시작되고 여물어가는지 관심을 갖고 지켜봐야 할 시기다. 흰말채나무에는 흰 열매가, 새머루에는 푸른색 열매가, 작살나무에는 자주색 열매가 매달리며 풍성한 색을 연출한다. 연둣빛으로 시작된 어린 열매가 익어가면서 보여주는 색의 변화는 그야말로 살아 움직이는 자연의 색을 확인시켜준다. 한순간도 머무르지 않고 변해가니 과연 생명이기에 가능한 모습이다. 열매는 보석처럼 빛나며 여름내 눈길을 사로잡는다.

✳

화목원의 긴 산책을 마치면 내 가방은 온갖 식물 조각들로 채워졌다. 지난봄부터 다양한 꽃과 열매를 그리고 싶은 마음이 간절해 화목원의 관리사무소에 찾아가 부탁한 것을 계기로 협력작가가 된 후, 일부 채취를 할 수 있었다. 나는 그림을 그릴 요량으로 마음이 가는 구조의 일부를 가방에 넣어 왔다. 집에 돌아오면 조심히 책상에 펼쳐놓고 자세히 들여다보는 시간을 가졌다. 조용한 곳에 앉아 온전히 집중

하고 바라보면 야외에서 미처 보지 못한 숨은 요소들이 눈에 들어왔다. 그 어느 때보다 고요하고 편안한 시간이다.

그중 하나를 골라 흰 종이 위에 천천히 그리다 보면 열매들이 어떤 배열로 매달려 있는지, 그 표면은 어떤 촉감인지, 줄기들은 어떻게 연결되어 있는지 선명히 보였다. 한번 그림으로 그린 대상은 잊어버리는 법 없이 두고두고 마음에 각인되었다. 어디에서건 다시 만나면 단번에 알아보고 인사할 정도였다. 혼자 조용히 그림을 그리는 일상 속에서 낯선 나무들이 점점 익숙하고 친근한 존재가 되었고, 여름이 끝나갈 즈음엔 그 모두가 가까운 친구처럼 느껴졌다.

화목원을 들어설 때면 나는 언제나 반갑게 인사를 건넸다.

'안녕? 오늘은 어때?'

곤충 찾기 놀이

나무 속을 유심히 들여다보면 만나게 되는 또 다른 생명이 있다. 나무를 집 삼아, 혹은 먹이 삼아 살아가는 곤충들이다. 화목원에서 처음 곤충들과 마주쳤을 때엔 그저 피하기 바빴다. 곤충에 대한 일반적이 선입견이 있기도 했고 굳이 들여다보고 싶지 않았다. 하지만 나무를 계속 관찰하다 보니 좋든 싫든 곤충을 계속 만났고, 가끔은 등딱지가 너무나 예쁜 곤충에게 눈길을 뺏기기도 했다.

한번은 화살나무 위를 기어가는 곤충을 우연히 마주했는데, 노란 등딱지의 색이 어찌나 화려하던지 나도 모르게 단풍잎이 아닌 곤충을 찍고 말았다. 그럼에도 그것의 이름을 애써 찾을 생각은 하지 않았다. 곤충과 친해지는 것은 나로서는 상상할 수 없는 일이었다.

※

그러던 중 변화가 찾아왔다. 큰아이가 여섯 살이 되던 가을, 곤충에 부쩍 관심을 보이면서부터였다. 아이는 도서관에 가면 오직 곤충에 관한 책에만 몰두했고, 그 이름들을 끝도 없이 읽어달라고 했다. 그래도 성에 차지 않는지 곤충도감을 펼쳐놓고 고사리같이 작은 손으로 곤충을 서툴게 하나씩 그려나갔다. 겨우내 곤충도감을 끼고 살다시피 하며 이름을 외우고 그림도 그리던 아이는 곤충을 만날 수 있는 봄이 되기를 손꼽아 기다렸다.

그리고 드디어 찾아온 봄. 늘 향하던 자연이지만 이제는 아이에게 특별한 목적이 생겼다. 바로 곤충을 찾는 일이다. 곤충을 못 찾는 날엔 아이의 울음보가 터지고 말아서 더 깊은 산속, 혹은 더 인적이 드문 곳으로 향했다. 다행히 춘천은 도시를 조금만 벗어나면 한적한 숲이 많아서 그리 어렵지 않게 봄의 곤충들과 조우할 수 있었다. 그런데 놀라운 것은 처음 만나는 곤충들의 이름을 아이가 어렵지 않게 척척 대는 것이었다.

"이건 대유동방아벌레야."

"이건 도토리거위벌레야."

낯선 곤충의 이름들을 익숙한 듯 말하는 아이를 보며 놀라운 한편, 내 눈엔 다 비슷비슷해 보이는 곤충들을 어떻게 용케 구별해내는지 신기했다. 그러다 문득 지난겨울에 아이

45

가 그리던 그림들이 떠올랐다. 곤충 사진을 보며 열심히 관찰하여 그린 그림들이 아이에게 어떤 특별한 작용을 한 것은 아닐까. 마치 내가 식물을 그림으로 그리면 쉽게 잊지 않는 것처럼 말이다. 확신할 수는 없지만 곤충에 대한 아이의 애정과 관심이 겨울 동안 쌓인 그림만큼이나 크고 깊은 것은 분명했다.

※

작은아이까지 가세한 자연 속 곤충 찾기 놀이는 봄을 지나 여름, 가을까지 계속되었다. 아이들이 달려와 보여주는 조그마한 손 안에는 언제나 톡톡거리는 갖가지 곤충들이 들어 있었다. 처음에는 손안의 곤충을 보는 일이 여간 고역스럽지 않았다. 하지만 곤충에 대한 아이들의 애정 때문인지 함께 동행하는 내 마음의 문도 조금씩 열리기 시작했다. 무엇보다 '벌레'라는 통칭이 아닌 그 곤충의 정확한 이름을 알고 무엇을 먹고 어디에 사는지, 또 어떤 유별난 특성을 갖고 사는지 큰아이에게 설명을 듣고 나면 완전히 다른 존재로 보였다.

또한 어떤 곤충이 침이 있고 없는지를 알게 되자 이들이 사람을 공격할 거라는 막연한 두려움도 사라졌다. 벌처럼 생겼지만 알고 보면 파리목인 꽃등에는 전혀 위험하지 않은 곤충이었다. 생김새가 무서운 듯해도 꿀과 꽃가루를 먹는

대유동방아벌레 / 도토리거위벌레 / 풀색꽃무지

꽃무지는 볼수록 등딱지의 색이 아름다웠고, 험상궂게 생긴 털두꺼비하늘소는 딱지날개에 붙어 있는 두 개의 털 뭉치가 흥미로웠다.

예전 같으면 멀리서만 보고도 도망치기 바빴을 텐데 아이들 덕에 그 생김을 자세히 보고 어떻게 살아가는지 이야기를 들으니 전혀 다른 시각으로 바라볼 수 있었다.

아이들은 그렇게 내 손을 잡고 곤충의 세계를 안내했다. 아무 편견 없이 순수한 마음으로 다가가 호기심으로 그 작은 생명체를 알아가는 법을 알려줬다.

그 과정에서 싹트고 자라는 생명에 대한 사랑은 놀라웠다. 아이들은 언젠가부터 곤충을 더 이상 손으로 잡지 않았는데, 그 이유는 행여나 자신의 즐거움, 혹은 작은 힘 때문에 곤충이 조금이라도 다칠까 하는 우려 때문이었다. 우리는 사진으로 찍어 그 만남을 기록으로 남길 뿐 곤충들의 삶에 방해가 되는 행동은 삼갔다.

이젠 숲을 가도 다양한 곤충들이 건강하게 살아가고 있음을 확인하고 우리로 인해 그 영역에 피해가 가지 않도록 조심하곤 한다. 돌 아래, 썩은 나뭇가지 안에도 생명이 살고 있음을 알고 있기 때문이다. 나뭇가지, 나뭇잎, 땅속, 풀숲, 습지, 계곡의 돌 틈 등 그야말로 자연 안에 곤충이 살지 않는 곳은 존재하지 않는다. 숲의 주인은 우리가 아닌 그들이다.

단풍잎을 주우며

가을. 어느새 바람의 냄새와 하늘빛이 달랐다. 무엇보다 저 멀리 나무들이 만드는 풍경의 색이 달랐다. 여름내 짙었던 녹음이 조금씩 바래면서 풍경 안에 주홍빛이 희미하게 혼재하기 시작했다. 물기 가득했던 여름의 나뭇잎 소리는 스산한 소리로 바뀌었고, 그러다 몇몇 잎은 바람을 못 이기고 아래로 툭 떨어졌다. 작은 잎 안에 스며든 미세한 붉은빛은 가을이 다가왔음을 알려주었다. 그것은 또한 나무들이 겨울을 나기 위해 나뭇잎과의 연결점을 모질게 끊기 시작했다는 증거이기도 했다. 나는 아직 가을을 맞을 준비가 되지 않았는데 초록빛이 퇴색하기 시작했다.

화목원의 풍경은 하루가 다르게 변했다. 이른 아침 평소처럼 산책길에 들어선 나는 인적 없는 가을의 풍경을 앞에 두고 서서 한동안 움직일 수 없었다. 바람에 흔들리는 나뭇잎 소리가 요란한 가운데 사방으로 노랗고 붉은 빛의 무리가 거대한 물결처럼 일렁였다. 얼마 전까지 애써 자신의 존재감을 지키던 나무들도 더욱 거세진 자연의 위력에 굴복하여 일제히 몸을 숙인 모습이다. 적지 않은 영역을 점한 침엽수들이 건재한 녹색의 기운을 내뿜어 보지만 화려한 색의 단풍 숲 안에서 자신을 드러내기엔 역부족이다.

바람이 훑고 가는 길목엔 단풍잎들이 맥없이 바닥으로 쏟아져 내렸고, 낙엽은 바람결에 뒤섞여 뒹굴다 이내 어디론가 사라져 버렸다. 문득 발밑에서 고운 색의 단풍을 발견하고는 쪼그리고 앉아 마음에 드는 잎들을 골라 집었다. 어느 것 하나 똑같은 잎이 없다. 여름에는 모두 같은 초록색이었는데 말이다. 한 손 가득 단풍잎을 주우며 이게 무슨 소용일지 생각했지만, 그저 지금 이 순간만으로 충분했다. 책갈피에 끼워두면 아쉬운 대로 형태 정도는 보존할 수 있을 것이다. 하지만 단풍의 색은 어찌해도 지켜낼 도리가 없다. 그러니 지금 눈앞의 색을 충분히 즐겨야 한다.

✳

가을이 막바지에 접어들자 낙엽이 온 땅을 덮어 어디가 길이고 어디가 화단인지 구분이 어려울 지경이었다. 늘 가던 습관에 의존해 발길을 옮기며 하늘을 올려다보았다. 청명한 하늘이 나뭇가지 사이로 시원스레 보이는 가운데 열매들이 눈에 들어왔다. 이미 완숙을 넘어서 색이 검어지고 표면이 말랐지만 나무 가득 매달려 있었다. 잎이 사라진 나뭇가지와 열매가 만든 실루엣은 무척 생경했다. 내 기억 속에 존재하지 않는 풍경이어서일까. 나는 좀처럼 그 앞을 떠날 수 없었다.

어느새 말라버린 낙엽들이 발밑을 뒹굴며 바스락바스락 선명한 소리를 냈다. 지난날 내가 만났던 수많은 생명의 조각들이다. 꽃이 지고 사라졌듯 나뭇잎도 시들고 말라 부서져 다시 흙으로 돌아가는 당연한 진리가 내 발밑에 있었다. 그것은 죽음이었지만 너무 자연스러운 일상이기도 했다.

지난날 내가 좋았던 순간들을 떠올리자 모든 것이 스러져가는 오늘이 꿈만 같다. 나는 환영을 좋았던가. 아니면 나의 집착을 좋았던가. 하지만 그것은 중요하지 않다. 나는 매 순간 최선을 다해 살아가는 나무를 만났고, 바로 이 순간에도 바스러진 나뭇잎으로 땅을 덮어 다가올 혹독한 추위에 대비하는 유구한 지혜로움을 마주한다. 바스락바스락. 나는 나뭇잎을 밟으며 한동안 나무 아래서 그 소리를 담았다.

산책 친구

두 아이는 나의 가장 소중한 산책 친구다. 자연 속에서 놀잇감을 찾아내는 남다른 능력은 물론이고 아주 작은 생명체도 놓치지 않는 예리한 감각도 지녔다. 작은 돌멩이 하나, 버려진 나뭇가지 하나로 산책 내내 이야깃거리를 만들어내는가 하면, 보고 싶었던 곤충이라도 만나는 날엔 종일 그 흥분을 가라앉히지 못한다. 더욱이 내가 아름답다고 말하는 것들에 진심으로 공감해주니 이보다 더 좋은 산책 친구가 어디 있을까. 우리는 자연 안에서 엄마와 아이가 아닌 진심 어린 친구가 된다.

처음부터 그랬던 것은 아니다. 아이들이 다섯 살이 되기 전까지는 이리저리 뛰어다니느라 넘어지기 일쑤였고 주로 모래나 돌, 물을 가지고 노는 손 놀이가 중심이었다. 아이들이 행여 다치진 않을까 하는 걱정이 앞서 함께 놀고 즐기기보다는 안전을 신경 쓰기 바빴다. 그럼에도 자연 속에서 아이들이 짓는 표정을 보면 재미에 푹 빠져들어 집중하고 있음을 느낄 수 있었다.

※

그러던 중 첫째가 주변의 생명체에 부쩍 관심을 가지기 시작하면서 우리의 산책엔 큰 변화가 찾아왔다. 전에는 엄마나 아빠가 장소를 정해서 놀러 가곤 했는데 이젠 아이가 적극적으로 원하는 걸 말하기 시작했다. 물속 곤충이 보고 싶으면 계곡이나 하천으로, 풀벌레가 보고 싶으면 나지막한 초원으로, 좀 더 귀한 곤충이 보고 싶으면 인적이 드문 깊숙한 산으로 가자고 졸랐다. 오직 곤충만을 보기 위한 산책인 셈이다.

호기심이 가득 충전된 상태로 찾아간 곳에서 아이의 눈은 반짝반짝 빛났다. 작은 소리, 움직임에도 민감하게 반응하며 곤충이 나타나길 조용히 기다리기도 하고, 눈앞의 곤충이 튀어 날아가 버릴까 고양이처럼 몸을 낮추어 살금살금 다가가기도 했다. 마치 숲속의 동물이라도 된 듯 곤충들과 신경전을 하는 아이의 모습을 보고 있으면 풋 하고 웃음이 터졌다.

첫째인 아들이 그러고 있는 사이, 둘째 딸아이는 길가에 핀 작은 들꽃들을 지나치지 못했다. "엄마, 이 꽃 너무 예쁘지?" 딸아이는 언제나 그 조그만 고사리손으로 수수한 들꽃다발을 정성스레 만들어 나에게 선물했다. "꼭 오래오래 간직해야 해!" 그 말에 나는 조금 번거로워도 산책 내내 들고 있다가 집으로 돌아와 유리잔에 꽂아두었다.(그리고 그 꽃은 두고두고 산책길의 특별한 추억으로 남았다.) 꽃뿐만 아니라 열매, 나뭇잎, 깃털, 돌멩이, 나무토막, 이끼에 이르기까지 아이에겐 자연이라는 공간 속이 그저 예쁜 것 천지였다. 어떤 때는 숲길의 한 발짝을 나아가기가 어려울 정도로 한 장소에 머물며 여기저기의 신기한 것들을 다 한 번씩 관찰하고 나서야 자리를 떴다.

각자 저마다의 관심을 따라 주변을 살피는 사이 나는 나무와 풀들을 들여다보았다. 열매가 탐스럽게 익은 나무에 다가가 관찰하고 사진을 찍다 보면 어느새 아이들이 다가와 이것저것 물었다.

"엄마, 이 나무 이름은 뭐야? 열매가 신기하네? 이 안에도 씨앗이 들어 있을까?"

함께 열매를 관찰하며 내가 아는 짧은 지식을 전해주면 아이들은 기대 이상으로 놀라워하며 관심을 보였다. 마치 새로운 친구라도 만난 것처럼.

그러고 나면 기다렸다는 듯 자신들이 발견한 것들을 꺼내어 보여주거나 좀 전에 겪은 재미있는 일들을 재잘대며 전해주었다. 꽃등에라는 곤충이 정지 비행하는 모습을 처음 보았다든지, 호박벌의 털이 복슬해서 귀여웠다든지, 콩중이를 처음 봤는데 아깝게 놓쳤다든지 하는 소소한 이야기들이다. 나는 아이들의 그런 수다가 내심 흥미로웠다. 내 관찰력으로는 여간해서 쉽게 발견할 수 없는 세계의 이야기다. 엄마의 진심 어린 호응과 관심을 느끼면 아이들은 우쭐해져서는 한껏 기가 산 표정을 짓는다. 어느새 해가 뉘엿뉘엿 저물어 집으로 돌아오는 길. 오늘도 참 많은 자연 속 친구들을 만났다. 늘 그렇듯이.

＊

우리의 주말은 언제나 산, 계곡, 바다, 하천, 시골길을 향했다. 그리고 그곳에서 무수한 생명들을 만났다. 우리에게 자연은 곧 생명을 의미했고 그 안에서의 놀이는 그들을 만나는 활동이었다.

이런 일상이 차곡차곡 쌓이자 언제부터인가 호기심과 놀라움보다 반가움과 다정한 눈빛으로 마주하게 되었다. 곤충을 잡으러 뛰어다니거나 환호성을 지르는 일은 잦아들고 가만히 앉아 들여다보거나 잠시 인사를 나누는 것으로 대신했다. 이제 그 모두가 너무나 당연하게 우리 삶의 일원이 된 것처럼. 굳이 말하지 않아도 내 산책 친구들은 느끼고 있었다. 우리는 함께함으로써 풍요로우며 진정 행복할 수 있다는 것을. 또한 자연은 마땅히 그래야 한다는 것을.

겨울 풍경 속에는

새소리는 유난히도 맑고 청명했다. 바람은 조용히 빈 나무를 스쳐 지나갔고 간혹 땅 위의 마른 잎들이 바람을 따라 움직였다. 귓가를 울리는 새소리에 위를 올려다보니 까치가 나뭇가지에 앉아 울고 있다. 까치를 이토록 선명하게 본 적이 있던가.

나뭇잎이 사라진 자리는 새의 존재를 일깨웠다. 이번에 처음 찾아온 것인지, 아니면 늘 그 자리에 있었는데 나무를 보느라 놓쳤던 것인지 알 수 없었다. 아마도 나뭇잎이 몰래 숨겨준 것을 모르고 그냥 지나쳤을 게다. 까치가 앉은 나뭇가지엔 지난가을의 열매들이 조롱조롱 매달려 있다. 하지만 생기를 잃고 다소 말라버린 것 같아 추운 겨울 동안 새들에게 충분한 식사가 될지 의문이다.

다른 나무들은 어떤지 유심히 살펴보자 다행히 붉은빛이 선명하게 깃든 열매들이 간혹 눈에 띈다. 산수유와 낙상홍이다. 회색빛 일색인 겨울 풍경 속에서 붉은 열매를 만나니 모처럼의 생기가 느껴진다.

자리 잡은 위치에 따라 다르긴 했지만 양지바른 곳에 멋지게 팔을 벌리고 서 있는 산수유는 제법 탱탱한 선홍색의 열매를 풍성하게 간직했고, 낙상홍 또한 단단하고 윤기 있는 다홍색의 열매를 잔뜩 매달았다. 이것들이 곧 다가올 혹한 속 새들의 귀한 먹거리가 되어줄 것이다. 나무의 열매란 겨울까지도 생명들을 열심히 먹여 살리는 축복의 산물이다.

나는 잠시 앉아 쉬며 여기저기서 들려오는 이름 모를 새들의 소리에 귀를 기울였다. 추운 날씨에 인적마저 없으니 바로 여기가 새들의 천국이 아닐까 싶었다. 오늘은 나무가 아닌 새들을 만나러 온 듯한 기분이었다.

❇

겨울나무들이 앙상한 모양새로 힘겹게 추위를 이겨내는 사이 백목련은 누가 보아도 특별한 모습으로 겨울을 보내고 있었다. 나뭇가지 가득 복슬복슬한 은백색 털이 감싸인 겨울눈을 매단 모양새가 누구보다 따뜻한 겨울 같다. 물론 대부분의 나무들이 자신만의 방법으로 겨울눈을 지킨다지만 백목련처럼 우아한 모습으로 겨울을 나는 나무는 흔치 않다.

사실 지난여름부터 백목련의 겨울눈은 내 눈길을 사로잡았다. 나무에 무지했던 나는 겨울눈이 여름부터 생기는 것

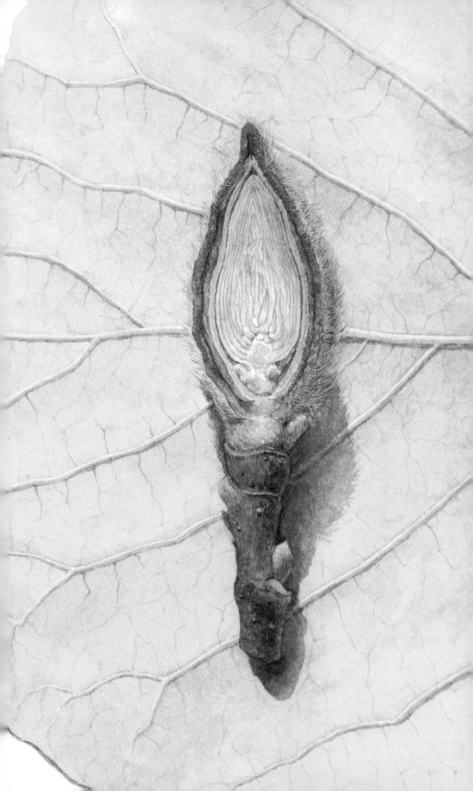

인지 미처 알지 못했기에 백목련의 나뭇잎 사이로 삐죽 올라온 것의 정체가 무엇인지 의문이었다. 보송보송한 털이 난 알 수 없는 녀석은 날이 갈수록 조금씩 커져갔다. 꽃도 열매도 아닌 이것은 대체 무엇일까?

어느 날, 나는 그 단면을 잘라보기로 했다. 아무래도 그 속을 보기 전엔 답답함이 풀리지 않을 것 같았다. 날카로운 칼로 쓱싹쓱싹 절반으로 잘라보니 그 안에는 내가 상상하지 못한 놀라운 세계가 들어 있었다. 털이 감싼 단단한 겉껍질 속에는 속껍질이, 속껍질 안에는 여린 꽃잎으로 겹겹이 싸인 꽃봉오리 모양의 형체가 대칭을 이루어 중심에 자리를 잡고 있는 것이 아닌가. 마치 엄마의 자궁 안에서 아이가 자라듯 견고한 껍질 속에서 고이 자라고 있는 아기 꽃은 실로 응축된 하나의 생명이었다.

'이것이 겨울눈이었어!'

학창시절 배웠던 '겨울눈'이라는 단어가 새삼 소환되었다. 내년에 잎이 되고 꽃이 될 작은 생명이다. 내 눈이 꽃과 열매를 향하는 동안 나무는 참 부지런히도 여분의 에너지를 내년에 꽃피울 겨울눈에 쏟고 있었다는 걸 깨닫자 삶을 향한 나무의 열망이 새삼 가슴 깊이 와 닿았다. 나는 그저 나무의 표면만을 바라보며 나무를 알아간다 여겼으니 어리석기 그지없었다. 그것은 비단 백목련만의 경우가 아니었다. 관심을 두고 관찰해보니 모든 나무들이 늦여름부터 겨울눈을 열심히 만들어 내년을 준비했고 겨우내 그것들을 소중히 보호하는 나름의 방법들도 가지고 있었다. 과연 이른 봄의 찬란한 꽃은 그냥 어느 날 팡 하고 터져나온 것이 아니었다. 내가 몰랐던 세상의 소중한 진리가 겨울눈 안에 있었다.

※

차가운 햇살 아래 반짝이는 은백색의 겨울눈은 눈부시게 아름다웠다. 겉모습뿐 아니라 보이지 않는 단단한 껍질 속 세상까지도. 추운 겨울에도 겨울눈 안에서 무럭무럭 자라고 있을 여리고 여린 꽃과 잎들을 생각하면 봄이 더욱 간절히 기다려졌다. 단단하던 겨울눈의 껍질에 균열이 가고 그 틈으로 한껏 부푼 꽃이 터져 나오는 순간이 탄생이 아니면 무엇일까.

나는 나무마다 숨겨진 겨울눈을 찾아 긴 겨울 동안 지켜보았다. 차가운 눈과 매서운 바람을 맞으면서도 끝내 어린 생명을 지켜내는 나무는 모두가 어머니였다. 삭막한 겨울 풍경 속, 그 안에 숨겨진 생의 에너지를 나는 비로소 느낄 수 있었다.

계절

나무와 풀이 보여주는 모든 계절은 아름답다.

얼었던 땅이 녹아 다시 숨 쉬기 시작하는
생명의 에너지가 가득한 봄이 그러하고,
더 이상 바랄 것 없는 청춘처럼 가장 자기답게
자신이 가진 모든 것을 펼쳐내 보이는 여름이 그러하다.
열매를 맺어 생의 절정에 도달하고는 미련 없이
모든 것을 땅으로 되돌리는 가을이 그러하고,
다시 고요한 인내의 시간 속에 새 생명을 준비하는
침묵의 겨울이 그러하다.

어찌 봄과 여름이 보여주는 탄생과 활력의 시간을
경험하지 않고 세상의 아름다움을 보았다 말할 수 있을까.

어찌 피처럼 붉어진
잎의 추락과 소멸을 함께하지 않고
봄의 설렘을 말할 수 있을까.

환희와 열망, 경이로 가득한 시절은
비록 그 끝이 정해져 있을지언정
생명의 가장 빛나는 순간을 우리에게 선사한다.
생을 향한 조용하지만 변화무쌍한 식물들의 움직임은
태양과 땅과 바람과 비가 만들어낸
이 세계의 가장 강력한 시각적 발현이다.
계절 안에 서 있는 나는 바로 이 순간
생의 아름다움과 마주하고 있다.

2

땅을 밟고 산다는 것

감각하는 생명

자연 속을 걸으면 평화롭고 충만하다. 한 발 한 발 내디딜 때마다 흙의 폭신한 촉감이 온몸으로 느껴진다. 풀벌레와 새, 바람의 소리는 마음 깊숙이까지 침투해 일어나라며 내 영혼을 흔들고, 길에서 만난 작은 생명체들은 영롱한 빛깔과 형체로 이제껏 경험하지 못한 아름다움을 보여준다. 그뿐인가. 한자리에 묵묵히 서서 세상의 풍파를 온몸으로 견뎌내는 나무는 묵직한 울림을 주며 오늘의 계절을 숨김없이 보여준다. 매 순간 변화하는 자연은 우리 모두가 살아 있음을 일깨워 주고 바로 지금의 가치를 전한다. 풍요로움은 우리 모두가 함께 살아가기에 가능하며 생명의 행복은 그곳에 있다.

자연은 내 삶의 한 축이 되어 나를 지탱하고 살게 하며 메말라 가는 정신에 숨을 불어넣었다. 처음엔 그저 좋아서 찾아갔지만 오랜 시간을 함께하면서 자연이 나에게 미치는 깊은 영향력을 감지했다. 자연, 즉 인간이 아닌 다른 생명체들

을 만나고 관찰하며 감각하는 일은 내 정신을 일깨우고, 그
들의 삶과 연결점을 발견하는 일은 내 인식에 미세한 균열
과 확장을 일으켰다.

과연 자연은 무엇이기에 인간에게 이런 작용을 하는 것일
까. 46년의 세월을 살아오면서 나는 자연이라는 존재를 단
한 번도 깊이 생각해본 적이 없었다. 그것은 마치 늘 자신의
자리에서 이탈한 적 없는 나의 부모님처럼 굳건한 믿음을
주는 존재였다. 굳이 그 관계를 의식적으로 생각하거나 물
을 이유가 없었다. 너무 당연하고 당연한 존재랄까. 그런데
어느 순간 벼랑 끝에 선 나에게 자연이 실어준 힘은 어릴 적
느꼈던 당연함과는 분명 달랐다. 자연은 꺼져가는 나를 살
려 삶을 향한 사랑과 열의를 다시금 불러일으켰다.

나는 알고 싶었다. 자연이 어떻게 나를 다시 살게 한 것일
까? 반대로 묻는다면, 인간과 자연은 서로 어떤 관계로 존재
하는 걸까? 의미조차 모호한 질문들이 수면 위로 떠올랐다
가라앉기를 수차례 반복했다. 그리고 어느 순간 가슴속에
커다란 화두가 되었다. 그 답은 쉬이 나오지 않았지만 나는
조급하지 않았다. 그저 그 화두를 가슴 한편에 간직한 채 세
상을 바라보기 시작했다.

※

그러던 어느 날 우연히 한 영상에서 작은 실마리를 발견

했다. 태어나서부터 작은 우리에 갇혀 세상 밖으로 한 번도 나와보지 못한 강아지가 동물단체에 구조되어 처음으로 땅을 밟는 영상이었다. 풀이 자란 폭신한 땅 위로 발을 내딛는 순간 강아지의 표정을 어떻게 설명해야 할까. '이게 뭐지?' 하는 표정으로 한 발을 딛고는 다시 한 발, 그렇게 조심스럽게 걷던 강아지는 이내 뛰기 시작했다. 풀밭의 촉감과 바람을 느끼며 자신이 가진 본래의 감각들을 되살려 자신이 얼마나 잘 뛰는지, 얼마나 냄새를 잘 맡으며 얼마나 행복할 수 있는지 처음으로 느끼는 순간이었다. 햇살 가득한 풀밭 위를 폴짝거리며 킁킁대는 강아지는 이제야 한 생명으로서 존재하는 듯했다.

그 장면을 지켜보던 나는 강아지가 땅을 처음 밟으며 느꼈을 감정을 이해할 수 있을 것 같았다. 인공의 공간에서 무감각한 삶을 살다가 풀밭에서 처음으로 느낀 까슬한 촉감과 풀 냄새, 흙냄새가 얼마나 좋았을까. 발밑에서 만나는 신기하고 놀라운 생명들과 함께 뛰고 냄새 맡으며 보내는 시간이야말로 강아지로서 누릴 수 있는 가장 충만한 순간이 아니었을까. 강아지의 벅찬 모습은 자연 속에서 무뎌진 감각을 되찾아 가던 나의 지난날과 많이 닮아 있었다. 그것은 자연을 바탕으로 살아가는 생명이기에 동일하게 느끼는 감각이었다. 인간은 인간으로서, 강아지는 강아지로서 누려야 할 마땅한 감각.

✳

인간은 외부 세계를 감각하며 생을 영위한다. 외부 세계는 인공적인 것과 자연적인 것으로 구별되며, 그 둘 사이엔 분명한 차이가 존재한다. 인공의 세계가 한정되고 차단된 물질들로 이루어져 있다면, 자연은 서로 다른 생명들의 집합체로, 규정할 수 없는 무한한 물질들의 영역이다. 이들 생명들은 끊임없는 교류와 영향 관계 아래 가끔은 호의적인, 또는 위협적인 상호작용을 한다. 그 과정 속에서 감각이 발달하고 한계에 부딪치는 것은 자연스러운 현상이다.

그와 견주어 볼 때, 인공물은 교류와 영향 관계가 거의 없다. 인공물은 편리를 위해 만들어진 물질이기 때문이다. 그렇기에 인공물 안에서 살아가는 동물들이 자연 속의 동물들에 비해 지극히 제한된 감각만이 발달되는 것은 쉽게 짐작할 수 있다. 바꿔 말하면 어떤 생명이든 생명 고유의 감각을 발달시키기 위해선 최소한의 자연 환경이 필요하고 그것은 생명으로서의 건강한 삶을 유지하는 데에 중요한 요소라는 사실이다.

인간 또한 자연 속 생명이다. 그렇다면 인간에게도 최소한의 자연이 필요한 것은 아닐까. 인간도 여타의 동물들처럼 자연 안에서 기본적인 감각을 발달시키고 그 한계를 경험할 때 근원적 존재로서의 자신을 발견할 수 있지 않을까. 나의 짧은 인식체계로는 이 거대한 문제의 명확한 답을 찾을 수 없었다. 그럼에도 내 마음 안에 끝없이 되새긴 명제는 '인간은 생명'이라는 사실이었다. 그것만은 불변의 진리이기에, 삶에서 일어나는 모든 의문은 바로 그 명제에서 시작해야 한다고 생각했다.

도시의 플라타너스

집을 나서서 길을 걸으면 내 눈은 사방으로 움직인다. 길가의 가로수와 그 아래 핀 작은 풀들, 그 위를 날아다니는 새들과 하늘빛까지 그 모두를 하나하나 살피느라 그렇다. 어느새 열매를 매단 회화나무가 반갑고, 잎이 누렇게 말라가는 회양목이 눈에 걸린다. 저 멀리 산의 색이 미세하게 달라져 가는 것이 감지되고, 오늘따라 유난히 지저귀는 새들의 소리에 자꾸만 위를 쳐다보게 된다.

아이들이 뛰어노는 사이 벤치 아래 떨어진 꽃잎을 발견하고 얼른 위를 올려다보니 어느새 흐드러지게 피었다가 하나둘 떨어지는 칠엽수의 꽃들이 그 자리에 있다. 나는 벤치에서 일어나 어여쁜 꽃들을 한참 바라보았다.

'하마터면 너희들을 못 보고 지나칠 뻔했네.'

어디서나 식물을 바라보는 것은 습관이었다. 화목원에서의 관찰이 일상으로 확대된 것이다. 그것은 한편 자연스러운 현상이었다. 자연은 어디에나 있고 모두 똑같이 계절을 따라 변하지 않는가. 화목원에서 본 명자나무 꽃은 아파트 화단에서도 발견되었고, 메타세쿼이아 또한 어디에 심겼든 나무 아래에 열매를 떨어뜨렸다.

나무를 많이 알아가면 알아갈수록 주변의 나무들이 하나둘 눈에 들어와 이미 오래전부터 그 자리에 존재하였음을 알려주었다. 그러면 나는 마치 반가운 친구라도 만난 듯 지나칠 때마다 눈인사를 했다. 가까이 산다는 것은 특별한 관계다. 일상적으로 마주치며 자주 안부를 물을 수도, 더욱 세세하게 관찰할 수도 있어서다. 멀리 사는 친구가 아닌 동네 친구처럼.

아무리 잘 아는 사이라도 가끔 의외의 모습에 놀라게 되듯 동네 나무라 해도 어떤 날 어느 계절엔 말문이 막히도록 아름다운 모습을 보여준다. 특별한 장소가 아닌 우리 집 창가에서, 길가에서, 아이들 놀이터에서 예상치 못한 장면을 마주할 때면 내 일상이 그리 삭막하지만은 않다고 생각했다. 그것은 단조로운 일상 속에 받은 작은 선물 같았다.

✳

시간이 지나면서 주변 나무들을 바라보는 관점이 조금씩 변해갔다. 식물 자체에 대한 호기심보다는 그들이 살아가는 환경이나 건강, 혹은 사람들이 식물을 대하는 방식에 관심이 커졌다.

도시의 나무들이란 사람에게 통제되고 관리되는 생명인 만큼 나무의 모습 안에는 사회와의 관계성이 담기기 마련이다. 같은 나무라도 장소나 환경에 따라 살아가는 모습이 완전히 다르고, 사람들의 관심 정도에 따라 건강 상태도 차이가 난다. 물론 적당한 곳에 잘 심겨져 특별한 관리 없이 잘 크기도 하지만, 각종 오물과 담배꽁초에 뒤덮인 채 신음하며 매연으로 누렇게 말라가는 주차장의 식물들은 사람들의 무관심을 그대로 나타낸다. 그 모습은 마치 도시와 그 안에 살아가는 사람들의 건강 상태와 다름없이 느껴져 씁쓸하다.

＊

어느 날 서울의 한 버스 정류장에서 플라타너스 한 그루를 만났다. 전깃줄 사이에서 혹독하게 가지가 모두 절단된 채 서 있었다. 바삐 달려가는 차들과 매연, 앞만 보고 가는 사람들 속에서 자신을 살려낼 나뭇잎도 제대로 매달지 못한 모습은 참혹했다. 나는 안타까운 마음으로 그 가로수를 바라보다가 문득 시골길 어귀에서 만났던 거대한 플라타너스를 떠올렸다. 나무가 품을 수 있는 공간이 얼마나 크고 넓은지 새삼 깨닫게 해준 건강한 나무였다.

갑자기 엉뚱한 상상력이 발휘되었다. 만약 지금 이 가로수들이 시골의 나무처럼 크고 웅장하다면 어떤 느낌일까?

마음껏 뻗어 올라 빌딩보다 더 높고 크게 가지를 펼친다면 이 도시는 어떤 풍경이 될까? 거대한 나무 한 그루가 보여줄 당당하고 호기로운 기세를 마음으로 상상하는 것만으로도 갑갑한 도시에 서 있는 기분이 나아지는 듯했다.

곧 버스가 도착하면서 나의 꿈같은 상상은 끝이 났고 현실 속의 초라한 플라타너스를 바라보는 마음은 여전히 안타까웠다. 도시 나무의 삶이란 생명이 생명으로서 풍요롭게 살지 못하는 도시인의 뒷모습처럼 그렇게 씁쓸함을 남겼다.

나의 길을 찾아

식물과 가까워지는 과정과는 별개로 그림에 대한 고민은 깊었다. 식물을 그려서 무엇을 할 수 있을지, 또 어떤 방식으로 사람들과 소통할 수 있을지 방향을 찾는 일이 쉽지 않았다. 일반적으로 식물세밀화는 도감이나 식물 관련 책에 일러스트로 쓰이는 경우가 많지만, 지방에서 아이를 키우며 조용히 그림을 그리는 나에게 그런 일감은 요원할 뿐이어서, 지금 내 자리에서 할 수 있는 일을 찾는 것이 우선이었다.

이런저런 일거리를 찾던 나는 많은 작업자들이 그러하듯 그림을 디자인적 요소로 활용해 일상용품에 새겨 넣거나 엽서, 달력 등의 소품을 만드는 일들을 조금씩 시도해보았다. 한번은 식물 그림이 들어간 에코백을 제작해 가판에서 팔아보았는데 결과는 처참했다. 스무 장의 소량 제작이었는데도 단 두 개만 팔렸을 뿐이었다. 하루 종일 가판을 지키며 손님을 마주한 기억보다, 지나가던 한 남자분이 하신 말씀만 마음에 남았다.

"내가 무역업 하며 여기저기 많이 다녀봐서 잘 아는데, 우리나라는 이런 식물 그림으로 물건 만들어봐야 안 팔려요. 돈 있으면 비싼 브랜드 물건을 사지 누가 식물 그림에 관심이나 있나? 유럽 쪽 사람들은 식물을 워낙 좋아하니까 딱 보면 그 가치를 알아보지만 우리나라 사람들은 식물을 워낙 몰라서 봐도 몰라요. 팔려면 차라리 외국에다 팔지그래요?"

지나가듯 내뱉은 말은 이제 막 그림으로 내 일을 찾으려는 나에게 보기 좋게 끼얹는 찬물처럼 느껴졌다. 판매치가 형편없으니 그분의 말이 틀리다고 할 수도 없었다. 아니, 그 말이 정확한 것인지도 몰랐다. 아파트 문화 일색인 우리나라에서 식물에 관심과 사랑을 갖기란 얼마나 어려운 일인가. 초록의 이미지는 즐겨도 실재하는 식물을 들여다보는 일은 아직 우리에게 익숙지 않은 여유다. 식물을 향한 대중적 관심과 인식이 조금씩 높아지지 않는 한 그림을 이용한 나의 시도들이란 그저 소모적인 활동에 그칠지 모를 일이었다. 나는 소품 만들기를 중단하고 다른 일을 모색할 필요를 느꼈다.

※

어느 날 라디오에서 들려오는 인터뷰에 귀를 쫑긋 세웠다. 사람들에게 어떤 나무를 좋아하는지 묻는 인터뷰였다.

어떤 이름들이 나올지 내심 기대했는데, 사람들의 대답은 소나무, 은행나무, 벚나무 일색이었다. 선택한 나무의 어떤 모습이 좋은지 묻자 그 또한 예상대로 비슷한 답변이었다. 소나무는 늘 푸르러서, 은행나무는 노란 단풍이 멋져서, 벚나무는 꽃이 예뻐서라고 했다. 주변에서 가장 흔히 만나고 가까운 나무들이기에 나온 답변일 테지만, 하나같이 똑같은 대답인 것은 못내 아쉬웠다.

그중 어느 한 사람이라도 낯선 나무의 이름을 말해주었으면, 또 그 나무의 어떤 모습이 아름다운지 자신만의 언어로 표현해주었으면 하는 마음은 그저 헛된 바람이었다. 알고 있다. 너무 큰 욕심이라는 걸. 나 또한 느티나무조차 알아보지 못하는 깜깜무식쟁이였고 이름만 알았지 어떻게 생겼는지 모르는 식물들이 수두룩하지 않았던가. 각각의 생김을 알아보고 이름을 불러주기 시작한 것이 이제 몇 해 되지 않았다.

이름을 하나둘 부를 수 있다는 것은 생각보다 큰 의미다. 새 학년에 올라가 아무도 알지 못한 채 학교를 다닐 때와 반 아이들을 한 명씩 알아가며 그 이름을 불러 친구가 된 후에 체감하는 학교라는 공간은 굉장히 다르다. 친구마다의 특색과 개성을 발견하고 관계를 형성하며 매일의 즐거움을 찾을 수 있으니 학교는 낯선 곳이 아닌 재미있는 놀이터가 된다.

나는 아직 식물이라는 친구를 만나보지 못한 사람들의 손을 이끌고 그 앞에 서서 어떻게 하면 친구가 될 수 있는지 알려주고 싶었다. 얼마나 멋지고 아름다운 존재들이 이 세상에 가득한지 함께 나누고 싶었다. 그럴 수 있다면 우리는 어디를 가든 익히 알고 있는 친구를 만나기도 하고 새로운 친구를 사귀기도 하며 더 즐거운 놀이터로서 세상을 만끽하게 될 텐데 말이다.

어쩌면 식물을 그림으로 그리는 나의 일이 그 세계를 어려워하고 다가가지 못하는 사람들에게 다정히 손을 내밀고 함께 바라보게끔 도울 수 있지 않을까 하는 생각이 떠올랐다. 비록 대단한 전문가는 아니지만 지식이 아닌 식물에 다가서는 마음과 관찰 방법만큼은 누구보다 알기 쉽게 가르쳐 줄 수 있을 것 같았다.

'일을 찾기보다는 역할을 찾자.'

작은 목소리가 내 안에서 소리를 내기 시작했다.

나뭇잎 스탬프

어슴푸레한 생각이 현실로 이어진 것은 나뭇잎 스탬프를 만들면서부터였다. 식물을 표현하는 다양한 미술 기법을 익혀나가던 중, 우연한 기회에 지우개를 조각하여 만드는 스탬프를 접하게 되었다. 어릴 적 지우개에 이름을 새기던 기억이 새록새록 떠올라 어쩐지 관심이 갔다. 전문가들의 작업을 보니 생각보다 정교한 표현이 가능했다. 식물에 적용하면 재미있을 것 같아 조금씩 혼자 만들어보았는데, 나뭇잎이 가장 효과적으로 표현되었다. 잎의 모양과 톱니, 잎맥 등 나뭇잎마다의 특징이 명확하게 드러날 뿐 아니라 비슷한 잎들과의 차이도 쉽게 구분이 되었다. 몇 번에 걸쳐 반복해서 찍다 보면 어느새 잎의 형태가 익숙해져 기억에 선명히 남는 것은 정말 신기했다.

나뭇잎 스탬프의 재미있는 효과를 발견한 뒤로 나는 홀린 듯 화목원의 나뭇잎들을 정신없이 스케치하기 시작했다. 꼬

박 한 달여의 시간을 쏟았고 총 63종에 달하는 스탬프를 만들었다. 각양각색의 나뭇잎 모양을 한데 모아 찍으니 포스터로 만들면 좋겠다 싶었다. 비슷하게만 보이는 주변의 나뭇잎들이 얼마나 다채로운 모습으로 존재하는지 한눈에 보면 나무를 모르는 사람들이라 해도 나뭇잎을 주워 비교해볼 수 있지 않을까. 그 작은 활동이 나무를 알아가는 첫 단추가 될 수도 있을 것이다.

포스터를 사람들에게 소개할 방법을 이리저리 궁리하던 중 남편의 권유로 크라우드 펀딩을 알게 되었고, 한번 도전해보기로 했다. 육아로 활동이 자유롭지 않은 나로서는 가장 효과적으로 많은 이들을 만날 수 있는 방법이자 사람들의 반응도 체감해볼 기회가 될 듯했다. 크라우드 펀딩이 막 붐을 타기 시작한 시기여서 다소 생소하게도 느껴졌지만 새로운 일을 시작하기에는 더없이 유용한 공간으로 보였다.

화목원을 다니며 63종의 나뭇잎을 스케치한 기록과, 스케치를 바탕으로 손수 스탬프를 만들어간 과정, 그 스탬프들로 이루어진 포스터를 만든 목적 등을 서툰 글솜씨로 써서 펀딩 사이트에 올렸다. 우려와 달리 사람들의 관심은 생각보다 높았다. 스탬프 작업에 들어간 노력은 물론이고 포스터가 지니는 역할에도 많은 관심이 쏟아졌다. 아이들을 키우는 엄마들과 직장인, 식물을 사랑하는 취미인들까지 이제껏 본 적 없는 나뭇잎 포스터에 기꺼이 펀딩을 해주어 다행히도 프로젝트를 성공적으로 마무리할 수 있었다.

　나뭇잎이 이렇게 다양한 모습인지 미처 몰랐다는 반응부터 이제 주변의 나무를 살펴보며 포스터의 잎과 비교해보겠다는 다짐까지, 사람들의 관심 어린 의견들을 직접 들을 수 있었던 것이 가장 큰 수확이었다. 게다가 내가 의도했던 작은 역할을 찾았으니 첫 단추로 나쁘지 않은 성과였다. 나는 처음으로 내가 세상 속에 서 있다는 느낌을 받았다. 식물과 미술, 그 사랑스러운 두 가지를 양손에 쥐고서.

도서관에서의 첫 개인전

크라우드 펀딩을 마무리한 뒤 우연한 기회에 식물원의 행사장에서 나뭇잎 스탬프를 선보이게 됐다. 사람들과 직접 만나 반응을 본 것은 처음이었는데, 아이뿐 아니라 어른들도 실제 잎과 똑같은 모양의 스탬프에 큰 흥미를 보였다. 스탬프를 손수건에 찍으며 즐겁게 노는 동안에도 사람들은 어떤 나무의 잎인지 궁금해했고 그 이름을 펜으로 적어가며 관심을 보였다. 행사기간 내내 나에겐 하나의 숙제가 던져진 것 같았다.

'나뭇잎 스탬프로 사람들과 나무를 연결할 방법은 없을까?'

✳

내 역할을 찾는 고민이 구체화되면서 좀더 적극적으로 사람들을 만나야겠다고 마음먹었다. 그 시작은 주변부터였다.

나는 아이들과 함께 자주 다니던 어린이도서관에 재능 기부를 하고 싶다고 의사를 전했는데, 관장님께서 내 작업을 보시곤 도서관에서 작은 전시회를 열어 근처 초등학교 아이들과 함께하는 시간을 가져보면 어떻겠냐고 제안하셨다.

뜻밖의 전시 권유에 처음엔 좀 머뭇거렸지만 지역의 작가들을 배려해주시는 관장님의 마음을 알게 된 후 흔쾌히 받아들였다. 내 아이들이 뛰어노는 지역 어린이도서관에서의 첫 전시라니! 규모로 보면 소박한 수준이지만 춘천의 화목원에서 1년을 보내며 혼자 그려온 그림을 지역인들이 사랑하는 어린이도서관에서 선보인다는 것은 무척 뜻깊은 일이었다. 작은 역할이나마 나를 품어준 춘천과 지역의 사람들을 위한 나의 첫 활동이기도 했다.

그림 전시 외에 주변 초등학교 5학년 학생들과 함께하는 식물도감 만들기 수업도 준비했다. 나뭇잎 스탬프와 실제 나뭇잎, 나무의 정보를 담은 자료를 이용해 자신만의 식물도감을 만들고 꾸며보는 시간이었다. 나뭇잎 스탬프를 이용하는 첫 번째 교육 활동인 만큼 아이들의 반응이 내심 궁금했다.

"와, 이거 선생님이 만드신 거예요? 찍어봐도 돼요?"

아이들은 무엇보다 손으로 직접 만든 나뭇잎 스탬프에 흥미를 보였고 연신 콩콩 찍어대며, "와, 정말 예쁘다! 실제 잎이랑 완전 똑같아! 이 나무 이름이 뭐예요?" 하고 관심을 보였다.

　즐거운 놀이를 하듯 식물도감을 만들며 나무를 배워가는 아이들의 모습은 사랑스러웠다. 정해진 시간이 부족할 정도로 열중한 아이들을 지켜보시던 관장님은, 무얼 해도 일부 아이들은 산만하기 마련인데 모든 아이들이 오롯이 집중한 시간이었다며 흡족해하셨다.

　생각보다 즐거웠던 첫 수업에 나 또한 안도의 마음이 컸지만, 조금 아쉬웠던 점이라면 실내 수업이었던 탓에 아이들과 실제 나무 앞에 서서 함께 바라보지 못한 것이었다. 만약 도서관 앞의 나무들, 혹은 학교 교정의 나무를 직접 보면서 공부했다면 어땠을까? 이런 생각이 꼬리에 꼬리를 물었다.

마을선생님

어린이도서관에서 첫 전시를 마친 뒤에도 아이들과 함께 했던 수업의 여운이 쉽게 가시지 않았다. 아이를 키우면서 자연 교육과 관찰 교육의 필요성을 늘 절감해 왔기에, 자연에서 멀어진 아이들과 잠시나마 나뭇잎을 관찰하는 시간을 함께할 수 있었던 것은 무척 기쁜 일이었다. 내 주변을 둘러보고 어떤 생명이 어떤 모습으로 함께 살아가고 있는지 관찰할 수 있는 여유와 관심은 세상을 배워가는 아이들에게 꼭 필요한 부분이다. 세상이 나 혼자가 아닌 모두 함께 살아가는 공간이라는 믿음은 작은 풀꽃을 바라보는 소박한 마음에서 시작하기 때문이다.

꼭 숲을 가지 않더라도 주변의 나무를 알아가고 관찰할 수는 없을까 하는 질문 속에 문득 아이들이 다니는 학교 교정이 떠올랐다. 학교라면 어디나 나무가 심겨 있고 매일 그 나무들을 지나 등하교를 하니 한번 사귀어두면 두고두고 좋은 친구로 지낼 수 있을 터였다. 그렇다면 학교 나무들을 어떤 식으로 사귀면 좋을지, 나뭇잎스탬프는 어떤 역할을 하면 좋을지 수업에 대한 고민이 점점 깊어졌다.

아이들이 들고 움직이면 좋을 간편한 활동지, 관찰 후 교실에서 배울 내용들까지 문득문득 떠오르는 생각들을 정리하고 계획하며 시간을 보냈다. 막연하지만 언젠가 때가 되면 아이들을 다시 만날 수 있지 않을까 하는 마음이었다.

그러던 중 어린이 도서관의 관장님께서 다시 전화를 하셨다.

"교육청에서 이번에 '마을선생님' 제도를 처음 시행하는데 제가 선생님을 추천했어요. 지역의 전문가들과 학교 교육을 연계하는 프로그램인데 선생님과 잘 맞을 것 같아서요. 괜찮죠?"

'마을선생님'이라는 말에 등골이 찌릿했다. 그동안 혼자 준비해온 수업을 누군가 알고 있기라도 한 걸까? 이보다 더 좋은 기회가 어디 있을까 싶었다. 나는 관장님께 몇 번이고 감사인사를 드린 후 좀 더 세세하게 수업을 준비했다. 처음 시행하는 제도이니 큰 기대를 하기 어려울지 모르지만 단 한 번의 수업이라도 해볼 수 있다면 좋겠다 싶었다.

※

내 수업은 '생태'를 주제로 삼고 '학교 교정의 나무 관찰 수업'을 내용으로 하여 진행되었다. 다양한 분야의 마을선생님중에서 내 수업을 희망하는 담당 선생님이 신청을 하면 수업 날짜가 정해졌다. 비록 드물게 연락이 오고 수업 일수도 많지 않았지만 아이들과 나무 수업을 시도할 수 있는 것만으로 나로서는 기쁘고 행복했다. 때에 따라 한 학년을 수업하기도 하고, 어떤 때는 전 학년을 대상으로 했다. 학교 나무를 관찰하는 방법은 같지만 학년별 수준에 따라 학습 내용은 달랐다. 저학년일수록 즐거운 놀이 위주로, 고학년일수록 놀이와 함께 학년에 맞는 생태 교육도 병행되었다.

수업 전에 준비할 가장 중요한 교구는 바로 나뭇잎 스탬프였다. 학교마다 교정의 나무가 모두 다르기 때문에 수업 전 학교에 미리 방문해서 수종을 조사한 후 십여 종의 맞춤형 나뭇잎 스탬프를 손수 제작했다. 수업이 시작되면 아이들이 준비된 스탬프를 활동지에 찍은 후 교정으로 들고 나가 같은 모양의 나뭇잎을 찾는 놀이를 했다. 주어진 나뭇잎 그림만 가지고 순수하게 눈의 감각에 의존해 같은 모양의 잎을 찾아야 하니 아이들은 그 어느 때보다 반짝이는 관찰력을 발휘해야 했다.

"와, 찾았다! 얘들아, 여기 똑같은 모양의 잎이 있어!"

"선생님, 이거 같은 잎 맞죠? 제가 보기엔 스탬프랑 모양이 똑같은데요."

나뭇잎을 골똘히 들여다보며 잎의 모양과 톱니, 잎맥까지 세세히 비교하고 관찰하는 아이들은 사뭇 진지했다. 마치

게임을 하듯 나뭇잎을 찾는 아이들은 활력이 넘쳤고 같은 모양의 잎을 발견할 때면 뛸 듯이 기뻐했다. 매일 지나다니는 교정이지만 한 번도 눈길을 주지 않았던 나무들에게 처음 다가가 그 손을 내미는 순간이었다.

모든 잎을 찾고 나면 모둠별로 채취한 실제 잎을 책상에 올려놓고 함께 관찰하는 시간을 가졌다. 실내에서 충분히 살펴본 뒤 그 나무의 이름과 특성, 꽃과 열매의 모습을 자료로 보여주고 교정에서 본 나무는 어떤 모습이었는지 이야기를 나누면 아이들은 자신이 실제 본 것에 기초해 나무를 이해했다. 운이 좋으면 실제 꽃이나 열매를 보기도 했고 가을엔 예쁜 단풍도 만날 수 있었다. 내 주변의 나무이기에 더욱 친근하게 만나 관찰할 수 있으니 이보다 더 좋은 대상이 있을까.

"여러분이 이 수업이 끝난 후에도 잊지 말고 오래도록 학교의 나무들을 지켜보며 친하게 지내면 좋겠어요. 그렇게 할 거죠?"

수업을 마칠 때면 나는 늘 같은 말로 끝을 맺었다. 나에게 나무가 지식이 아니었듯 아이들에게도 지식이 아닌 하나의 생명체이길 바라는 마음에서였다.

수업을 마치고 교문으로 향하는 길, 학교 교정을 다시 한번 바라봤다. 소리 없이 아이들의 6년이라는 시간을 지켜주는 나무들이 새삼 고맙고 소중하게 느껴졌다. 부디 아이들에게 듬직하고 좋은 친구가 되어주길. 나는 마음으로 바랐다.

춘천에 남다

어느 순간부터 흙을 밟으며 살고 싶다는 소망이 들었다. 아침에 일어나 밖으로 나서면 폭신한 촉감과 함께 아침 이슬의 먹먹한 냄새가 올라오는 땅을 밟고 서서 누구의 침범도 받지 않는 나만의 공기와 하늘과 나무를 누리고 싶었다. 시선이 닿는 모든 곳이 자연의 선과 색으로 넘쳐나고 매 순간 자연의 소리로 채워지는 매일, 자연과 깊숙이 연결된 일상을 살아 있는 동안 꼭 한 번 경험할 수 있기를 바랐다.

또한 동물로서의 한 인간이 땅 위에 자신만의 영역을 점유하며 살아가는 삶이 어떤 것인지 배우고 싶었다. 거대한 건물 속에 배정된 한 칸짜리 사각 틀이 아닌, 땅과 주변의 생명들을 아우른 열린 공간으로서의 서식지를 온전히 누리고 가꾸며 살아가고 싶었다. 그런 삶 속에는 분명 새로운 배움이 있을 것 같았다.

빠른 속도와 편리만 지향하는 지금의 시대에 불필요한 경험인지 모르겠지만, 인간 본연의 삶으로 본다면 꼭 마주해야 할 지혜와 책임, 어쩌면 일상의 보물까지 그 안에 숨어 있을지 몰랐다. 아니 분명 그럴 것 같았다. 부모님도 선생님도, 그 누구도 알려주지 않았던 숨겨진 삶의 보물.

이런 생각은 자연과 가까워지는 동안 내 마음을 두드린 작은 물방울들이 모여 만든 일종의 의지였다. 반드시 한번은 겪고 넘어가야 다음 단계로 오를 수 있는 계단처럼 말이다. 비록 눈에 보이는 진전 혹은 사회적 결과물은 아닐지라도, 내 마음은 나를 한 계단 한 계단 이끌며 그 실천을 절실히 바라고 있었다.

'마음을 따라가! 그것이 순리니까.'

✳

나는 시골로 가야겠다고 마음을 먹었다. 도시에서 멀지 않은 시골이라면 가족들도 큰 불편 없이 지낼 수 있을 것 같았다. 다행히도 춘천은 도심 주변으로 산과 농지가 많아서 그리 멀지 않은 곳에서 작은 시골집들을 어렵지 않게 찾아볼 수 있었다. 분명 어딘가에 우리가 살 만한 곳이 있을 터였다.

부푼 마음으로 집을 알아보는 시간도 잠시, 어느 날 남편이 상기된 얼굴로 대구의 한 대학으로 가게 되었다는 소식을 전했다. 남편이 오랫동안 바랐던 대로 학교 교단에 서게 된 것이다. 그간 남편의 노고와 번민을 잘 알기에 나 또한 말할 수 없이 기쁘고 감사했다. 다만 새로운 시작을 축하하는 것과는 별개로 가족 모두 대구로 이사를 가야 하는 문제가 남아 있었다. 그것은 너무나 당연해서 굳이 꺼낼 이야깃거리도 아닌 듯했다. 하지만 나에겐 그렇지 않았다. 나는 갈 수 없었다.

나는 남편에게 아이들과 춘천에 남겠다고 말했다. 남편은 놀란 기색이 역력했다. 표면적으로 보면 내가 춘천에 있어야 할 이유는 없었다. 직장을 다니는 것도 아니고 지역 작가로 단단히 뿌리를 내린 것도 아니니 경제력을 가진 남편을 따라가는 것이 당연한 수순이었다. 게다가 예전의 난 언제나 그 당연함을 묵묵히 따랐고 한 번도 거부한 적이 없었다. 그랬던 내가 갑작스럽게 가지 않겠다고 하자 남편으로선 이해하기 힘들었던 것이다.

그렇다 해도 내 생각은 분명했다. 남편의 꿈과 삶을 존중하는 마음은 그대로이지만, 이젠 내 꿈과 삶도 존중하고 싶었다. 또한 내 의지로 내 삶을 선택하고 싶었다. 그 길이 탄탄한 경제력과 안정된 미래를 보장하지 못한다고 해서, 혹은 남들이 인정하지 않는다고 해서 내가 가고자 하는 길을 스스로 무시하거나 평가절하하고 싶지 않았다. 내 삶은 경제력만으로 평가할 수 없는 가치를 지니며 내가 가고자 하는 길 또한 소중히 여겨져야 한다는 것을 나는 누구보다 확신하고 있었다.

그런 면에서 춘천은 지난 3년간 홀로 애써온 나에게 뿌리를 내릴 수 있도록 도와준 토양이었다. 3년이라고 해도 이제 겨우 힘겹게 실뿌리를 뻗었을 뿐 결실을 맺으려면 아직 시간이 더 필요했다. 나는 뿌리를 좀 더 단단히 박고 꽃을 피워 스스로 자라날 힘을 길러야 했다. 지금의 나를 뽑아 다른 곳으로 옮긴다면 끝내 뿌리를 내리지 못한 채 시들어버릴지 몰랐다.

현실적인 남편은 끝내 이해하지 못했다. 나를 이해하려는 마음보다는 떨어져 살아야 하는 서운함이 큰 듯했다. 한창 사랑스러울 나이의 아이들과 자주 만나지 못하는 아쉬움을 나라고 모를 리 없었다. 한참의 고민 끝에 나는 남편에게 2년만 시간을 달라고 부탁했다. 2년의 시간이 충분한 것은 아니었지만 남편과 타협할 수 있는 최소한의 시간이라 여겨졌다. 그런 나의 마음을 눈치챘는지 완강했던 남편도 결국 내 부탁을 받아들여 주었다. 이해가 깔리지 않은 갑작스런 이별 앞에서 서로 어색하고 불편했지만 그것은 거쳐야 할 과정이었다.

남편은 새 직장에 적응하려면 자주 오기는 힘들 것 같다는 말을 남기고 얼마 뒤 홀로 대구로 내려갔다. 나는 두 아이와 춘천에 남았고, 시골집을 다시 찾아 나섰다.

나의 시골집

남편을 멀리 보내고 혼자 시골집을 알아보는 마음은 편치 않았다. 그렇지만 사사로운 감정에 마음을 쏠 여유가 없었다. 주어진 예산은 빠듯했고 모든 비용을 최소한으로 줄여야 했기에 마땅한 집을 구할 수 있을지도 의문이었다. 게다가 정해진 기간 동안만 살아야 해서 전세를 찾는 일이 여의치 않았다. 대부분의 시골집들이 매매로 나온 탓에 적당한 집을 찾아도 발길을 돌려야 했다.

그러던 어느 날 예산에 맞는 좋은 집이 나왔다는 소식에 얼른 찾아가 보았다. 내가 원하는 대로 도시에서 그리 멀지 않은 곳에 위치한 작은 집이었다. 비록 건물은 오래되고 낡았지만 비교적 여유로운 정원과 작은 텃밭이 마음에 드는 집이었다. 집 앞쪽으로는 대룡산 자락이 길게 펼쳐졌고, 그 아래에는 작은 시골집들이 옹기종기 모여 있었다. 아랫마을로 흐르는 작은 실개천은 우리 집 뒷산에서 시작되었는데,

물이 맑아 한여름에 아이들이 놀기에도 적당해 보였다.

그야말로 마음속에 그리던 풍경을 고스란히 담은 집이었다. 예산에도 잘 부합하니 다른 선택의 여지가 없었다. 나는 곧바로 이사를 결정했다. 집을 본 아이들은 좋다고 팔짝거렸고 파란 잔디밭에 선 나 또한 설렘을 숨길 수 없었다.

열 가구 정도의 원주민들이 살고 있는 조용한 동네에는 인적이 드물었다. 가끔 마실 나가시는 할머니 할아버지 모습, 혹은 운동하러 나온 아랫동네 아주머니들이 산 위쪽을 향해 걷는 모습이 간간이 보일 뿐이었다. 드넓은 하늘과 바람에 흔들리는 나뭇잎 소리, 풀벌레 소리가 전부인 곳, 내가 간절히 바라던 곳이었다.

＊

이사 온 첫날은 아이들과 놀러 온 듯한 기분에 잔뜩 들떠 마당의 풀밭을 한참 거닐기도 하고 집 옆에 자리 잡은 조그만 텃밭을 어떻게 활용할지 구상하며 보냈다. 가만히 앉아 있으면 느껴지는 동네의 적막함은 왠지 낯설지 않고 친근했다.

문득 어린 시절을 보낸 옛집이 생각났다. 지금은 개발되어 어디가 어딘지 모르게 바뀌었다고 들은 우리 집은 비포장도로를 한참 달려야 도착하는 시골이었다. 초등학교 때인가 도로포장이 되면서 비가 와도 차가 빠지지 않게 되었지만, 내가 대학을 다닐 때까지도 주변의 농촌 풍경만큼은 고스란히 간직한 곳이었다.

학교에서 집으로 돌아오는 길의 차창 밖으로 초록빛 혹은 황금빛 들녘의 작물들이 바람에 나부끼던 기억, 저녁이면 고요함 속에 개구리 소리, 소쩍새 소리가 어김없이 들려오곤 했다. 하지만 서울로 진학한 후 아파트 창밖으로 들리는 자동차 소리가 익숙해지면서 나는 점차 시골집의 소리들을 잊었다.

이제 두 아이의 엄마가 되어 시작한 시골의 삶, 그리고 다시 찾아온 적막함이라니. 왠지 긴 세월을 지나 다시 예전의 나로 돌아온 듯한 기분이었다.

시골의 밤

가을이 깊어가고 있었다. 여전히 시골집으로의 이사는 어리둥절했고, 여행을 온 듯 들뜬 기분은 쉬이 가라앉지 않았다. 아직 제자리를 찾지 못한 자질구레한 짐들을 정리하다가 집 앞 나무 사이로 빠르게 날아다니는 새소리에 목을 쑥 빼어 창밖을 두리번거렸다. 검은 머리에 하늘빛 날개 깃털이 예쁜 새들이 나무 위에서 이리저리 무언가를 찾는 듯 종종거렸다. 그 모습을 유심히 바라보다가 문득 이제 이것이 나의 일상이라고 생각하니 몸에 전율이 느껴졌다.

잠시 하던 일을 멈추고 슬리퍼를 끌고 나가 정원의 잔디를 밟고 섰다. 하늘을 한없이 바라보다가 산 위로부터 내려오는 바람의 흐름에 따라 나무들이 일제히 가지와 나뭇잎을 흔들어대는 모습을 멍하니 바라보았다. 집 건너편에 있는 키 큰 은사시나무는 산바람에 유난스레 잎을 반짝이며 흔들어댔고, 옆집 정원에 서 있는 느티나무 고목은 바람결에 낙엽들을 한 무더기씩 우리 집 정원으로 쏟아냈다. 그 덕에 집 잔디밭 위에는 낙엽이 수북이 쌓였다.

그걸 보자 텃밭 뒤 작은 창고에 있던 갈퀴가 생각났다. 주인아저씨께서 쓰시던 농기구들을 고맙게도 정원일 할 때 사용하라고 선뜻 내어주셨다. 아마도 며칠 안에 아이들과 갈퀴를 가지고 낙엽 긁어모으는 일을 해야 할 것 같았다. 낙엽은 가을 내내 계속 날아올 테니 천천히 틈나는 대로 말이다.

※

산 중턱에 위치한 마을은 아랫마을보다 해가 빨리 졌다. 가뜩이나 낮이 점점 짧아져 가는 시기인 데다 뒷산으로 지는 해의 산그늘 때문에 어둠이 더 일찍 찾아왔다. 불빛과 인적이 적어서인지 땅거미는 더 빠르게 내려앉았고 그 위에 고요함이 더해져 낯선 밤의 풍경을 만들었다.

낮의 적막함과는 달리 밤의 어두움은 쉽게 적응이 되지 않았다. 산 위로 이어진 도로는 칠흑 같은 장막으로 가려졌고, 그나마 드물게 서 있는 희미한 가로등은 산속을 밝히기엔 턱없이 부족했다. 언제든 창밖에서 환한 불빛을 볼 수 있는 도시의 밤을 보내온 나에게 빛이 사라진 밤은 감정의 동요를 일으켰다.

낮에는 느끼지 못했던 자연의 예측불허성과 미지의 세계에 대한 두려움이 스멀거리며 올라오고, 어둠의 뒤편에 대한 막연한 상상력이 발동되면서 금세라도 무언가 튀어나올 것만 같이 불안했다. 그것은 도시 안에서 위협적인 인간의 악이나 범죄가 유발하는 두려움과는 달랐다. 해가 지고 조금만 어둑해져도 바로 창문을 잠그고 커튼을 치고는 절대 밖을 내다보지 않았다. 마치 엄마 없이 혼자 집에 남겨져 겁에 질린 어린아이처럼.

그랬다. 그것은 기억조차 흐릿한 어린 시절 시골집에서 느꼈던, 어두움이 몰고 온 두려움과 닮아 있었다. 집으로 오는 길목에 버티고 있던 으스스한 산소를 지날 때, 집 뒤꼍의 컴컴한 창고를 상상할 때, 엄마가 겁주느라 말했던 뒷산의 호랑이가 진짜 오면 어쩌나 이불을 뒤집어쓰고 가슴 졸이며 느끼던 바로 그 감정이었다. 오랫동안 까마득히 잊고 있던 내 밑바닥의 무언가가 다시 꺼내어진 것만 같았다. 그것은 아마도 순수한 두려움, 혹은 자연에 대한 경외감의 일종이 아니었을까. 어린 시절 이후 조용히 사라져버린 가장 인간적인 감정.

※

그런 까닭에 우리는 특별한 일이 아니면 저녁 외출을 거의 하지 않았다. 볼일이 있어서 나갔다가도 날이 어두워지기 전에 반드시 집으로 돌아왔고, 이른 저녁을 먹은 뒤 일찍이 잠자리에 들었다. 텔레비전이 없었기에 저녁은 언제나 조용했다. 우리의 일상도 어둡고 고요한 바깥의 밤과 닮아 있었다.

시간이 흐르면서 시골의 밤을 익숙한 일상으로 받아들이는 사이 어느새 어둠을 대하는 우리의 마음도 달라져 있었다. 우연히 밤의 포근함을 처음 느낀 날, 어두컴컴한 산은 여전히 무서웠지만 밤하늘만큼은 달랐다. 한번 올려다보면 시간 가는 줄 모르게 한참을 서서 끝이 보이지 않는 별들을 눈에 담았다. 어둠이 무섭다기보단 오히려 별빛을 반짝이게 해주어 고마웠다. 겨울바람은 싸늘했지만 밤공기는 포근했고, 어둠이 있어 주변의 생명들이 편히 쉰다는 것을 가슴으로 느낄 수 있었다. 언제부터인지도 모르게 우리는 밤의 어둠과 상관없이 편한 마음으로 집에 돌아오게 되었다.

✳

어느 날 부모님을 뵈러 서울에 갔다가 저녁 무렵 돌아오는 길이었다. 아이들이 화려한 도시의 불빛을 창밖으로 내다보며 푸념을 했다.

"도시는 밤이 왜 이렇게 밝아? 이런 곳에선 잠을 잘 수 없을 것 같아."

"맞아. 쓸데없는 불을 너무 많이 켜놨어. 전기 낭비야."

투덜대는 두 아이의 대화에 피식 웃음이 났다. 어린아이들의 눈에 화려한 불빛이 전기 낭비로 보이다니 이젠 시골 사람이 다 된 것 같았다. 물론 나 또한 아이들 말에 동감했다. 밤이란 당연히 어두워야 하고 어둠은 휴식을 주는 시간이다. 불필요한 불빛으로 가득한 도시는 우리에겐 불편하고 피로도를 높이는 공간이었다. 빨리 시골집으로 돌아가 편히 쉬고 싶다는 아이의 말에 나도 고개를 끄덕였다.

긴장의 날들

남편에게 내색하진 못했지만 아이 둘을 데리고 살아가는 시골 생활은 녹록하지 않았다. 한 달에 한두 번 오는 남편은 손님일 뿐이어서 일상에서 자잘하게 일어나는 모든 일들은 오롯이 나 혼자 해결해야 했다. 이사 후 시간이 지날수록 작은 사건들이 모이면서 점차 내 어깨를 짓누르기 시작했다.

한겨울에 갑자기 보일러가 고장 나서 밤새 추위에 떨어야 했던 날과, 어느 날 아침 집안의 양쪽 화장실 변기에서 물이 솟구쳐 올라 하루 종일 변기와 씨름한 날들, 한파에 지하수 모터가 얼어붙어 물이 나오지 않아 아침부터 발을 동동 구르기도 했고, 낡은 창문 틈으로 불어오는 한겨울의 황소바람을 막으려 비닐로 온 집안의 창문을 봉쇄해버리기도 했다.

혼자 해결 방법을 찾을 수 없을 때엔 어쩔 수 없이 주인아저씨께 연락을 드리곤 했는데, 멀리 계셔서 오시지는 못하고 전문 수리점의 연락처를 알려주셨다. 그리고 꼭 말미에 이런 말씀을 하셨다.

"아이들도 어린데 낡은 집에서 고생하시는 것 같아 너무 미안하네요."

사실 20년이 넘은 낡은 시골집이니 이런 일들은 일종의 신고식인지도 몰랐다. 그렇다 해도 세상을 살다 보면 충분히 겪을 법한 일들이었고, 시골 주택에서의 삶에 무지했던 나의 탓도 전혀 없지는 않았다.

지하수 모터가 언 날에는 어쩔 수 없이 수리공을 호출해야 했다. 영하 20도를 밑도는 한파에 해빙 전문 수리공 아저씨께서 달려오셨다. 얼어붙은 모터를 보시고는 나에게 쏘아붙이셨다.

"아니, 오늘부터 한파라고 하면 수돗물을 좀 틀어놔야지 시골 살면서 그것도 몰라요?"

분명 꾸짖는 말씀인데 서운한 마음보다는 누군가 나에게 이런 이야기를 해줄 수 있음에 감사한 마음이 들었다. 나는 이런 날 물을 얼마나 어떻게 틀어놓아야 하는지, 물을 트는 일 외에 다른 대비를 할 것은 없는지 자세히 여쭤보았다. 수리공 아저씨야말로 나를 도와줄 유일한 구세주이자 가장 좋은 선생님이었다. 나는 아저씨께서 일러주신 말씀을 머릿속에 꼭꼭 집어넣으며 다시 오늘 같은 한파가 오면 해야 할 일들을 마음속에 정리해두었다.

갑자기 변기가 막힌 원인은 다름 아닌 정화조에 있었다.

현관문 앞에 자리한 정화조 뚜껑을 열어 오수관으로 통하는 길에 걸린 이물질만 제거해주면 되는 일인데 무슨 큰일이나 난 것처럼 이리 뛰고 저리 뛰며 수선을 떨었다. 내 나이가 적지 않다 해도 내 생에 정화조를 열어볼 일이 한 번도 없었던 데다, 그것이 집안의 변기와 어떤 연관성이 있는지 알 리가 없었다.

그 일에도 결국 수리 기사님이 오셔서 원인도 찾아주시고 다시 이런 일이 생겼을 때 어찌해야 하는지 대처 요령도 일러주셨다. 그 덕분에 이 집의 정화조가 어떤 구조인지, 어떤 문제가 생길 수 있으며 그럴 때 어떻게 해야 하는지를 조목조목 배울 수 있었다.

사실 기술자를 부르는 금액이 적지 않아서 문제가 생길 때마다 부를 수는 없는 노릇이었다. 집에 대해 모르면 모를수록 금전적인 손실이 따라오기 마련이어서, 기회가 있을 때마다 하나씩 알아가는 수밖에 없었다. 나는 기사님이 가신 후 혼자 정화조 뚜껑을 열어 그 안의 구조를 다시 한번 확인하고 정기적으로 체크할 일을 마음에 새겨두었다.

비록 고생스럽긴 했지만 집이란 겉모습이 전부가 아니며 땅속에 묻힌 관이나 기타 기반 시설들까지도 잘 알고 있어야 함을 체득한 기회였다. 사는 동안 아무 문제가 없었다면 모르고 지나쳤을 일들이지만 소소한 사건들 속에서 주택을 관리하는 일의 무게를 조금이나마 경험할 수 있었다. 툭툭 터지는 일들이 당시에는 힘들지언정 길게 보면 꼭 나쁜 것만은 아니었다.

＊

곤혹스러운 첫 겨울이 지나간 후로 시골집의 일상을 대하는 내 마음가짐은 많이 달라졌다. 집의 기반 시설에 많은 관심을 갖게 된 것은 물론이고, 만약의 상황을 대비하는 마음을 지니게 되었다. 말하자면 내가 살아가는 공간에 더 큰 책임감과 무게를 느끼게 된 것이다.

막연한 보호 속에서 안일하고 수동적인 태도로 일관했던 아파트에서의 삶은 시골에선 통하지 않았다. 내가 사는 공간이니 내가 가장 많이 알고 있어야 했다. 이곳을 관리할 사람은 바로 나 혼자뿐이기 때문이다. 그런 생각은 알게 모르게 나를 긴장시켰다. 한밤중의 작은 소리에도 바로 깨어나 집 안을 돌아보며 문단속을 확인하기도 하고, 무단히 짖어대는 옆집 강아지 소리에 숨죽이며 귀 기울이기도 했다. 혹시 모를 사고를 대비해 집에 유선 전화를 들여놓고 아이들에게 전화 거는 방법을 교육시켰다.

"혹시 엄마한테 갑자기 무슨 일이 생기면 옆집으로 달려가거나 아니면 아빠한테 전화해야 해, 알았지?"

소화기도 집안 곳곳에 비치했고 혹시 모를 비상시에 필요한 물과 라면도 한편에 넣어두었다. 한때 북한의 도발이 연일 뉴스에 나올 때에는 만일 전쟁이 나면 아이들과 어떻게 해야 할지 머릿속에 그려보았다. 심지어 텃밭에 벙커를 만들까도 생각했다. 다행히 북한과의 경직된 관계가 누그러지면서 마음속 계획도 지워버렸지만, 혹시라도 더 심각해졌다면 실제로 만들었을지도 모를 일이다.

삶은 마냥 안전하지 않다. 나는 허허벌판에 두 아이를 안고 서 있는 엄마이자 자신을 스스로 보호해야 하는 한 사람이었다. 연고 하나 없는 지역의 시골에서 남편 없이 지내기 위해선 내 두 발로 더욱 굳건히 서야만 했다. 긴장감은 오히려 머리를 맑게 하고 일상에 대한 생각을 또렷하게 했다.

창밖의 풍경과 고요한 일상, 산책 길의 풀꽃들은 더없이 나를 행복하게 했지만, 아이러니하게도 현실적인 삶은 전에 없이 단단히 나를 무장시켰다. 역으로 말하면 이러한 상황을 극복해야만 시골의 삶을, 자연과의 삶을 지속할 수 있었다. 나 스스로 선택한 삶을 위해 긴장감을 오히려 살아갈 힘으로 만드는 지혜가 필요했다. 나는 더 이상 온실 속의 화초로 살고 싶지 않았기 때문이다.

울타리 안의 생명들

시골집에 들어왔을 때 우리를 처음 맞아준 것은 곤충이었다. 아직 가을이니 정원에 수시로 출몰하는 것은 물론이고, 집 안으로도 이런저런 곤충들이 불쑥불쑥 들어왔다. 곤충 때문에 시골이 싫다는 사람들도 많지만 우리에겐 해당하지 않는 이야기였다. 집에 들어온 첫날부터 시작된 곤충의 출현은 아이들에게 그저 즐거운 일이어서 "곤충이다"라고 말만 하면 우르르 달려들었다.

대부분 노린재, 집게벌레, 풍뎅이, 애벌레 등이었고 아주 가끔은 말벌이나 기생벌같이 무시무시한 종류도 있었다. 아무리 아이들이 좋아한다고 해도 어느 정도 관찰하고 나면 밖으로 돌려보내야 했다. 손으로 집을 수 있는 것들은 휴지로 감싸서 내보냈지만, 날아다니는 녀석들은 그럴 수가 없었다. 결국 잠자리채를 휘둘러 잡아서는 꼭 밖으로 내보내 주었다. 집 안에 계속 있으면 우리에게도 성가신 일이지만 곤충들도 실내에서는 결국 죽기 때문에 어떻게든 돌려보내는 편이 서로에게 좋았다. 침이 있는 무서운 벌들도 운이 나빠서 들어온 것뿐 그 녀석들도 돌아가야 할 집이 있고, 먹이도 먹어야 하니까 말이다. 그래서 잠자리채는 우리 집 거실의 필수품이 되어버렸다.

※

새벽이면 새소리에 잠이 깰 정도로 온 산과 마을이 새소리로 가득했다. 그중에서도 소쩍새 소리는 산 깊은 곳에서 우리 마을까지 와 닿을 정도로 우렁차고도 선명했다. 소쩍새의 울음소리는 새벽 내내 이따금씩 들려오다가 아침이 다가오면 이내 산속으로 사라져버린다. 나는 가끔 새벽 바람에 정원으로 나가 그 소리를 한참 듣곤 했다. 마치 초자연의 울림처럼 깊고 영롱한 그 소리는 가만히 듣고 있으면 마음이 한량없이 평화로웠다.

뒤이어 이른 아침에 동네로 찾아오는 손님은 바로 참새와 물까치였다. 옆집의 커다란 나무 속에서는 무슨 영문인지 아침마다 참새 떼가 이리저리 휘저으며 말 그대로 새들의 합창 대회를 열었다. 그 요란한 소리를 듣고 있으면 대체 무슨 일로 저리 소란스러운지 의아했지만 이상하게 단 한 번도 듣기 싫은 적이 없었다.

물까치는 우리 집 정원에 가장 자주 찾아오는 새였다. 창

가 앞의 소나무 가지에 늘 와서 앉곤 해서 가까이에서 볼 기
회가 많았다. 까만 머리와 하늘빛 날개가 볼 때마다 무척 탐
스럽고 예뻤다. 처음엔 몰랐는데 매일 지켜보니 물까치는
혼자 다니지 않고 항상 무리를 지어 함께 다녔다. 새 도감을
보면 물까치가 가족 단위로 무리 지어 생활할 뿐 아니라 육
아도 함께하는 공동체 의식이 강한 새라고 한다. 그래서인
지 서로 이야깃거리가 많은 듯 아침이면 깍깍거리며 우는 소
리를 곧잘 들을 수 있었다. 동네 어디든 빠르게 비행하며 오
순도순 모여 다니는 모습은 점차 동네 친구처럼 익숙해졌다.

※

이 밖에도 우리 집 울타리 안에는 무수한 생명들이 오고
갔다. 정원의 풀밭 한가운데에 볼일을 보고 가는 떠돌이 개,

정원 테이블 위에서 태평하게 낮잠을 즐기는 고양이, 사체로 만난 두더지, 나무 곳곳을 점령한 호랑거미까지. 사람 눈에 띄지 않을 뿐 조용히 다녀간 녀석들은 분명 더 많았을 것이다.

특히 밤에는 어떤 동물들이 집 정원으로 들어오는지 정말 알 수가 없었다. 가끔 들려오는 낯선 동물의 소리, 혹은 고양이들이 싸우는 소리는 간담을 서늘하게 했다. 바로 코앞 정원에서 나는 소리 같아도 나가볼 생각을 하기는커녕 그저 숨을 죽인 채 돌아가기만을 기다렸다. 하지만 조금씩 익숙해지면서 어느 순간부터는 그런 소리도 그냥 받아들이게 되었다. 우리에게 피해를 주는 것도 아닌데 낮 동안 사람들이 점유했던 마을을 밤 동안 동물들이 좀 활보한다고 큰일 날 것은 없었다. 나는 점차 밤의 소리에 무감해지고 편안해졌다.

※

그럼에도 쥐만큼은 그냥 지나칠 수 없었다. 어릴 적 이후로 몇십 년간 본 적이 없어 쥐라는 존재가 세상에서 사라졌을 거라고 무의식중에 생각했는데, 착각이었다. 퇴비를 만들기 위해 텃밭 한편에 파둔 음식물 찌꺼기 구덩이가 화근이었다. 어느 날 간단히 덮어둔 비닐을 걷자 작은 형체가 쏜살같이 달아났다. 어쩌면 내 비명소리에 쥐가 더 놀랐을지도 모르겠다. 생각지 못한 갑작스러운 조우에 나는 몸이 떨렸다.

대책이 시급했지만 뭘 어떻게 해야 하는지 아는 것이 없었다. 주변 사람들은 쥐덫이 가장 효과적이라고 일러줬지만, 덫에 걸린 쥐를 마주할 자신이 없어 그 방법만큼은 피하고 싶었다. 그렇다고 쥐 때문에 애써 만든 퇴비장을 엎고 싶지도 않았다. 나는 제발 다시는 오지 말라고 기도하며 좀 더 단단한 비닐을 덮어주고 그 위에 벽돌을 빽빽이 올려두었다. 그러자 쥐는 며칠째 보이지 않았고, 나는 그제야 한숨을 돌릴 수 있었다. 그럼에도 여전히 불안한 마음이 남아, 나는 덮개를 열기 전 꼭 막대기로 툭툭 쳐보곤 했다.

"게 있으면 빨리 도망가거라."

그 정도의 대책에 다시 나타나주지 않은 것이 얼마나 고맙던지! 물론 허점이 생기면 영락없이 등장할 테지만 말이다. 이제 늘 조심하고 살피며 이 영역을 지켜야 하는 것은 나의 몫이다.

텃밭의 가르침

시골집 건물 한 옆에는 조그마한 밭이 있었다. 이사 오기 전 주인아저씨께서는 창고 안에 농기구가 다 구비되어 있으니 텃밭을 해봐도 좋을 거라 하셨다. 이사 후 처음 마주한 텃밭엔 볼록하게 잘 다듬어진 이랑 위로 풋고추와 토마토가 아직 생기를 머금은 채 서 있었고 미처 따지 못한 붉은 고추도 몇 개 달려 있었다. 떠나기 전 급하게 마지막 수확을 한 듯 어지러이 널린 식물들의 잔해는 지난여름 이 땅이 얼마나 열심히 일을 했는지 말해주는 것 같았다. 주인아저씨 말씀대로 전에 살던 사람들이 애써 지은 흔적들이었다.

그런 텃밭을 바라보는 마음은 두 갈래였다. 한쪽은 무엇을 할지 엄두가 나지 않는 막막함과, 또 한쪽은 내 맘대로 할 수 있는 땅이 나타난 것에 대한 짜릿함이었다. 비록 손바닥만 한 크기일지라도 모든 권한을 갖고 원하는 대로 식물을 심을 수 있다는 것은 처음 맛보는 자유였다. 농장 일을 할 때에도 제법 큰 땅을 경작했지만 판매를 위한 식물만 재배했을 뿐 단 한 평도 내 마음대로 하지 못했다.

일부러 텃밭이 있는 집을 찾은 것은 아니었지만 이런 자유의 공간을 덤으로 얻고 나자 새삼 설레고 기대에 찼다. 대신 다른 한편에서 가슴을 눌러오는 막막함은 애써 털어버렸다. 농사 첫해란 그저 배우는 해일 뿐이니 조급해하지 말고 천천히 해보자 다독이며.

✳

봄이 오기 전 나는 도서관에 들러 유기농 텃밭에 관한 책을 빌렸다. 농사라곤 지어본 적이 없으니 기본적인 개념이라도 잡아보자 싶어 집어 든 책이었다. 그런데 책 첫머리부터 나온 건 당황스럽게도 '똥' 이야기였다. 흙과 곡식과 똥이라니! 예상치 못한 낯선 글을 읽으며 나는 머리를 세게 얻어맞은 기분이었다.

텃밭이란 그저 모종을 심고 키워 먹거리를 재배하는 것으로만 생각했던 나로서는 단 한 번도 생각해보지 않은 흙과 곡식과 똥의 순환 고리에 대한 이야기가 그저 놀라웠다. 건강한 곡식은 건강한 흙에서, 건강한 흙은 건강한 똥에서 나온다는 간단한 내용이었지만, 이 시대와 작금의 농업을 생각해보면 이 말들은 당연한 것이 아니었다.

사람의 똥이 흙으로 돌아가지 못하고 흙은 똥 대신 화학

비료로 작물을 키우니 우리가 먹는 농산물이 건강할 리 만무했다. 과연 흙이 어머니와 같다는 말의 의미가 마음에 와 닿았다. 결국 농사는 만물의 어머니인 땅을 살리는 데에서 시작해야 하며, 눈앞의 욕심을 넘어 긴 안목으로 일구어야 함을 작은 농사 책이 일러주었다.

그것은 놀라운 배움이었다. 비단 유기농이라는 이름으로 사람의 먹거리에만 적용되는 이야기가 아니었다. 생명이 어떻게 존재하며 이 세계가 어떻게 순환하는지에 대한 자연의 진리이자 법칙이었다. 나는 숲만 보았지 숲을 살게 하는 흙을 보지 못했고 그 흙을 비옥하게 만드는 생명들의 활동에도 무지했다. 그것은 인간도 다르지 않았다. 생명인 인간 또한 거대한 순환 고리 안에 존재하며 생의 건강이 그 안에 있다. 벌레 먹은 데 없이 매끈하게 잘생긴 농작물 안에 과연 생명이 깃들어 있을까. 이런 중요한 진리를 나는 왜 이제야 알게 된 것일까. 텃밭 책을 앞에 두고 무수한 생각이 스쳐 지나갔다. 참으로 예상치 못한 일이었다.

※

나는 이왕 텃밭을 일굴 거라면 땅을 살리는 농사를 지어보자 다짐했다. 물론 하루 이틀에 될 일은 아닐 것이다. 하지만 책 속 지시에 따라 내 자리에서 할 수 있는 최선의 방법을 찾다 보면 한 발짝씩 다가가게 되지 않을까 싶었다. 게다가 다행히도 우리 집 텃밭의 흙은 그리 나쁘지 않은 상태였다. 집에 놀러 오신 아버지께서 흙을 만져보시고는 푸슬푸슬한 것이 땅심이 살아 있다 하셨다. 가끔 발견되는 지렁이와 땅강아지, 지네가 이 흙이 살아 있다는 증표라니, 행여라도 다치지 않게 조심조심 땅을 다뤄야겠다.

무엇보다 음식물 찌꺼기는 거름으로 만들고, 주변에 난 풀들은 잘 베어 다시 퇴비로 사용하면 자원을 버림 없이 순환할 수 있다는 내용을 가장 실천해보고 싶었다. 사람의 똥과 오줌을 발효하여 거름으로 쓰는 것이 가장 좋다지만 여건상 그것은 무리기에 우선 가능한 일부터 시작하자 다짐했다. 일에 대한 수고스러움이 어떠하든 그런 순환을 내 텃밭 안에서 경험한다는 것은 분명 뿌듯한 일일 것이다.

나는 곧 작은 텃밭 크기에 맞게 구덩이를 파서 음식물을 거름으로 만들 곳을 마련했다. 그리고 얼마 뒤부터 저녁 식사를 마치면 각종 야채에서 나온 부산물과 일부 음식 찌꺼기들을 모아 거름통에 쏟아부었다. 이제 음식물은 더 이상 쓰레기가 아니었다. 아파트에 사는 동안 냄새 나는 쓰레기통에 털어버리는 기분이 늘 좋지 않았는데, 이제 음식물이 거름통 안에서 새로운 생명의 양분이 될 것이라 생각하자 편안한 마음이 들었다.

여름을 지나며 무성하게 올라온 정원의 풀들은 시간이 날 때마다 베어내어 농작물 사이에 덮어 두었다. 잡풀을 막아

줄뿐더러 시간을 두고 흙에 양분을 내어준다니 버릴 것이 없었다.

이상하게도 나는 텃밭 작물이 잘되는 것보다 이 놀라운 순환을 현실로 이루어낸 것이 더 기뻤다. 막연하고 어렵게 느껴졌던 것들을 하나씩 풀어 삶에 적용하고 실제로 가능함을 체득하는 과정은 전에 느껴보지 못한 기쁨이자 큰 공부였다. 늘 몽상가로 불리던 나였기에 더욱 그랬는지 모르겠다. 하지만 텃밭을 짓는 이상 내가 다시 몽상가가 될 일은 없을 터였다. 텃밭은 끊임없이 나를 움직이게 할 테니까.

첫해 농사는 기대보다 많은 수확을 거두었다. 별로 열심히 한 것도 없는데 호박, 오이, 옥수수만큼은 마음껏 따 먹을 수 있었다. 다만 브로콜리와 양배추는 애벌레들에게 모두 내어주어야 했다. 무당벌레 또한 텃밭에선 반갑지 않은 손님이었는데, 아이들의 호위에 별달리 손쓸 방법이 없었다. 그래, 첫해니까 우리 모두 다 같이 나누어 먹자. 내가 지은 농사라기보다는 해와 바람과 비, 땅이 만들어준 결실이니까.

벚나무의 죽음

요란한 포클레인 소리가 봄날의 아침을 깨웠다. 옆집에 무슨 일이 있나 하고 창밖을 내다보았다. 몇 명의 작업자들과 작은 포클레인 한 대가 분주하게 움직이고 있었다. 마을 도로를 넓히기 위해 옆집 정원에 포함된 일부 구간을 도로로 만드는 공사가 있을 거라 얼핏 들었는데, 그게 바로 오늘인가 보다.

문득 정원 가장자리에 서 있는 벚나무가 눈에 들어왔다. 우리 집 정면에 자리 잡고 서서 계절마다 꽃이며 열매를 대문가에 떨어뜨리는, 우리에게 익숙한 나무다. 제법 둥치가 굵어 20년은 됐음 직한데 가지가 어찌나 넓게 뻗었는지 방 창문의 절반은 벚나무가 차지할 정도였다.

그러고 보니 도로를 넓히려면 저 벚나무의 자리를 비워야 할 것 같았다. 벚나무 바로 앞의 담장을 허무는 포클레인의 움직임을 보니 예감이 틀리지 않았다. 하필이면 한창 벚

꽃이 만발한 오늘 공사를 하다니! 설마 베어내지 않고 캐내
겠지 생각하며 걱정을 미뤄두려는 순간, 눈앞에서 일어나는
광경에 등골이 찌릿해졌다. 쾅 하는 소리와 함께 포클레인
이 벚나무를 내리찍기 시작했다. 무거운 쇳덩이가 인정사정
없이 나무를 여러 번 내리쳤고 요란한 소리가 동네에 울려
퍼졌다. 우지직 하는 소리에도 나무는 쓰러지지 않고 계속
버텼고, 포클레인 기사는 오기가 난 듯 더 강도를 높여 내리
쳤다. 지켜보는 사람의 입을 다물 수 없게 하는 무자비한 강
타였다.

　탕! 탕! 탕!

　거대한 생명체 간에 한판 싸움이라도 붙은 듯 나무는 쉽
게 그 몸을 내어주지 않았고, 포클레인 기사 아저씨 또한 빨
리 일을 처리하려는 듯 안간힘을 다하는 모습이었다. 창문
을 닫아도 생생히 전해지는 전쟁 같은 소리는 도무지 피할
길이 없었다. 아침을 준비하면서도 내 귀와 마음은 내내 바
깥에 머무르며 그 위협적인 소리를 따라가고 있었다.

　얼마나 지났을까.

　잠잠한 것이 오히려 불안한 마음이 들어 현관문을 열고
밖으로 살며시 나가보았다.

　사람이 죽었다면 붉은 피가 낭자했을 것이, 한창 꽃을 피
운 나무가 죽으니 바닥은 꽃밭이 되어 있었다. 어지럽게 바
닥에 떨어진 꽃잎들을 보고 있으니 벚나무와 포클레인 사이

에서 벌어진 혈투가 얼마나 치열했는지 가늠할 수 있었다. 하얀 벚꽃 위로 쓰러진 나무는 숨겨둔 흰 속살을 내보이며 거칠게 찢겨 뾰족뾰족한 나뭇결을 그대로 드러냈다. 마치 더 이상 가까이 다가서지 말라는 듯. 흰 꽃잎은 바람에 날려 이리저리 나부꼈지만 쓰러진 나무는 미동이 없었다.

갑자기 찾아온 정적 속에서 아저씨는 이제 끝났다는 듯 포클레인에서 내려와 담배 한 대를 입에 물었다.

얼마 후 포클레인은 쓰러진 나무 기둥을 줄로 묶고는 어디론가 질질 끌고 가버렸다. 아직 나뭇가지에 매달린 꽃들은 자신에게 일어난 일을 모르는 듯 활짝 핀 꽃잎엔 여전히 생기가 가득했다. 끌려가는 나무를 따라 떨어지는 꽃잎들의 발자국을 바라보며 나는 한동안 아무 말도 할 수 없었다. 거칠게 찢긴 나무의 잔해와 길 위에 떨어진 수많은 꽃잎들이 그저 현실이 아닌 듯 느껴졌다.

그때 아이들이 나를 찾아 밖으로 나왔다. 그러고는 내가 바라보는 쪽을 함께 바라보았다.

"엄마, 무슨 일이야?"

"저기 있던 나무를 베어 갔어."

"왜?"

"여기 도로를 넓힌대."

"그렇다고 나무를 베어내? 너무 잔인하다."

'잔인하다'는 아이의 말이 순간 가슴에 와 닿았다. 차마 표현할 수 없었던 바로 지금의 내 마음이자 전에는 느껴보지 못한 감정이었다. 이 땅에 살아가며 나무를 베어내고 산 하나를 없애는 광경을 수도 없이 봐오면서도 별다른 감정을 느끼지 못했었는데 오늘의 광경은 그렇지 않았다. 잔인하다는 말밖에는 표현할 길이 없었다.

나에게 그 벚나무는 정말 살아 있는 생명이었고 이웃이었으며 내가 사랑하는 일상의 일부였다. 매년 그 자리에서 꽃을 피우고 열매를 맺으며 한 해 한 해 성장했을 날들을 생각한다면 한 그루의 나무를 베어내는 일이 어찌 그리 간단한 일이 될 수 있을까.

나무 한 그루가 이럴진대 산 하나를 없애는 일은 상상할 수 없이 끔찍한 일이다. 나는 어떻게 지금껏 나무를 베어내고 산을 없애는 현장을 지나치면서도 그토록 태연할 수 있었는지 생각할수록 마음이 아득해졌다.

※

남겨진 나무의 밑동과 이리저리 널브러진 잔가지들, 그리고 바닥을 덮은 꽃잎들 위에 서니 나무와 함께한 기억들이 스쳤다. 이른 봄 나무 아래 서서 메마른 가지 끝의 겨울눈이 통통해지는 모습을 올려다보던 기억과, 발그레하게 꽃봉오리를 내민 모습에 언제 터질까 설렜던 기다림, 대문 밖을 눈부시게 빛내는 꽃들 속에서 고요히 홀로 벚꽃 축제를 즐겼던 행복, 귀엽게 매달린 버찌를 보며 미소를 띠던 날들, 툭 툭 떨어뜨린 단풍 색이 생각지도 않게 너무나 어여뻐서 얼른 들어가 물감을 풀어 그림으로 그렸던 시간까지, 계절마다 함께 보낸 추억이 너무나 많았다.

　비록 우리 집 정원의 나무는 아닐지라도 내 일상 안에서 늘 기쁨을 주었던 나무였다. 혹독한 겨울을 힘들게 버려 꽃을 피웠을 터인데 이 찬란한 봄을 끝내 다 보내지 못하고 떠난 것이 못내 안타까웠다. 창문 밖으로 텅 비어버린 공간을 바라보며 한 그루의 나무가 주는 존재의 무게가 예전과는 사뭇 달라졌음을 느꼈다. 바로 내 옆에서 살아 숨 쉬던 나무가 사라진다는 것은 그러했다. 그것은 부재라기보다는 죽음이었다.

작은 동산 속 우주

아이들을 학교에 데려다주고 오는 길에는 작은 동산이 하나 있었다. 비록 조그만 동산에 불과하지만 작은 숲을 이루고 있었고, 이른 봄 산을 뒤덮은 새순들의 다양한 빛깔을 보면 그곳에 얼마나 다양한 식물들이 살고 있는지 짐작이 갔다. 게다가 숲속에 피어나는 벚꽃과 진달래의 분홍빛은 그야말로 봄의 설렘을 가슴 가득 안겨주었다.

이 동산의 존재감은 생각보다 작지 않아서 동네 도서관, 마트, 어린이집 등 마을 어디에서나 바라보였다. 일종의 동네 랜드마크인 셈이었다. 멀리 있는 산을 바라보기 좋아하는 나는 하루에도 몇 번씩 그 작은 동산을 일부러 바라보며 산의 빛깔을 즐기곤 했다.

동산 아래에는 예전부터 담장이 빙 둘러쳐져 있었는데 사람들 이야기로는 그 동산이 개발 지역이며 언젠가는 그곳에 건물이 들어설 거라 했다. 그토록 식생이 안정된 산을 깎아 건물을 짓는다니 믿기지 않았다.

그러나 그것은 사실이었고, 얼마 지나지 않아 현실이 되었다. 어느 날인가 키가 작았던 담장이 더 크고 튼튼한 것으로 다시 세워지더니 여러 대의 포클레인과 덤프트럭이 드나들기 시작했다. 아침과 저녁의 풍경이 다를 정도로 빠르게 땅의 속살을 드러내던 작은 동산은 며칠 안 가 절반가량이 파헤쳐졌고, 그 자리는 메마른 모래로 채워졌다. 하나의 숲이 만들어지는 데 걸리는 시간에 비하면 사라지는 시간은 빛의 속도에 가까웠다.

우리는 그 현장을 매일 지나치며 산이 사라지는 과정을 고스란히 지켜봤다. 그 과정에서 인간의 기술력이 얼마나 쉽게 산 하나를 없애는지에 대한 놀라움보다는, 어떻게 저리도 차갑고 무자비하게 자연을 파괴해버리는지에 대한 경악이 훨씬 더 컸다. 과연 인간의 능력이란 가공할 만한 것이어서 산은 곧 사라지고 말았다.

이제 동네 어디를 가도 초록의 산 대신 황토빛의 모래 더미가 시야에 들어왔다. 나는 그 모래 더미를 볼 때마다 인간이 자연을 어떻게 다루고 파괴하는지, 우리 같은 동네 사람의 일상이 어떻게 사막화되어가는지를 되새겼다.

※

그 작은 동산에 살았을 수많은 생명들을 상상해본다. 산을 오른 적은 없지만 사람의 손을 많이 타지 않은 그 산엔 키 큰 나무와 키 작은 나무가 적절히 조화를 이루고 있었으니 다양한 식생이 분포했을 것이다. 키 작은 나무 아래엔 계절마다 피어나는 풀꽃들이 자랐을 테고, 그 꽃들이 씨앗을 떨어뜨려 여기저기 군락을 이루었을지 모른다.

어디 나무와 풀들뿐이랴. 식물들을 집과 먹이 삼아 살아가는 동물들 — 각종 새들과 다람쥐, 청설모를 비롯하여 각종 벌레류와 나비류, 애벌레, 눈에 보이지 않는 흙 속의 작은 생물들까지 헤아린다면 이루 셀 수 없이 많은 생명들이 그 안에서 살아갔을 것이다. 길고 긴 땅속 생활을 마치고 겨우 세상 밖으로 나온 매미와 딱정벌레도 있을 것이고, 어린 새끼를 애지중지 기르는 작은 동물들의 서식지도 있었을 것이다.

겉으로 얼핏 보기엔 그저 초록의 덩어리로 보일지 몰라도 그 안을 들여다보면 온갖 생명체들이 함께 숨 쉬고 살아가는 하나의 우주다. 산이라는 실체는 추상적인 것이 아니라 생명의 집합체이기 때문이다.

손에 잡힐 듯 선명하게 그려지는 숲 속의 생명들을 생각하니 말할 수 없는 아픔이 밀려왔다. 내가 그 존재를 알지 못했다면 느끼지 못했을 감정이다. 하지만 아픔을 느낀다 해도 나는 아무것도 할 수 없었다. 왜, 어째서, 어떻게 지금의 상황이 일어나고 있는지 생각하고 판단할 수 있었지만 내가

할 수 있는 일은 없었다. 그저 하나의 우주가 사라져가는 무
자비한 현장에서 고개를 돌리는 것밖에. 나는 무기력했고
어찌해야 할지 전혀 알지 못했다.

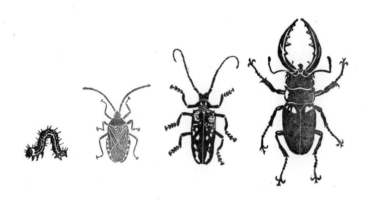

빈 나무

언젠가 나는 빈 나무가 된 것만 같았다.
털어도 털 것이 없는 살아 있지만 죽은 듯한 상태.
봄이 오길 기다리지만 아직 시간은 요원하고
지금으로서는 버티는 수밖에.

그 앙상함과
숨기려야 숨길 수 없는 초라함.
겨울을 버티지 못하면 죽고 마는
그래서 더 모든 것을 버리고 버려야 살아낼 수 있는 상태.

나뭇가지에 앉아 열매를 바라는 새들도
가끔씩 불어와 나뭇가지를 흔드는 바람도
친구가 아닌 짐으로 느껴지는 날들.
만일 손이 있다면 모두 멀리 쫓아버리고
홀로 남아 웅크리고 싶은 날들.

어느 날 끝나지 않을 것 같았던 추위가 물러나고
한 줄기 따사로운 햇살이 비치니

가난한 마음속에 숨겨둔 작은 겨울눈이
조용히 꽃망울을 터뜨린다.

난 더 이상 빈 나무가 아니었다.
그저 매일의 혹독함을 하루하루 버려낸 것뿐인데
어느 사이 잎이 나고 꽃이 피어 다시 새들이 찾아왔다.
나는 살았고 죽지 않았다.
내 안에 숨겨둔 작은 겨울눈들이 작은 꿈들이
겨울을 버텨주었기 때문이다.

하지만 난 알고 있다.
지금의 화려한 시기가 끝나고 나면
나는 다시 빈 나무가 될 것이다.
모든 나무가 그러하듯
혹독한 시간은 어김없이 다시 찾아올 것이다.

그렇다 해도 내 안의 작은 겨울눈만은
온 마음을 다해 품어

다시 봄이 찾아왔을 때 꽃을 피우게 하리.
다시 살아가게 하리.

빈 나무가 되는 것은
그저 내 생의 일부이니
두려움 없이 다시 그날을 맞이하리.

3

한 사람으로 서기 위하여

온화하지 않은 자연

이사한 첫해의 봄, 미세먼지는 무척 독했다. 이른 아침이면 늘 창밖으로 보이던 긴 산자락은 온데간데없이 사라지고 뿌연 먼지에 덮여 태양조차 보이지 않는 날들이 계속됐다. 안개와 먼지가 뒤섞여 한 치 앞이 보이지 않는 길을 나설 때면 가슴 깊숙이 무거운 무언가가 마음을 짓눌렀다. 바람을 타고 시골 구석구석까지 밀려든 고농도의 미세먼지는 시골 삶에 대한 기대를 비웃기라도 하듯 우리의 일상을 앗아 갔다.

아이들은 학교와 어린이집에서 마스크를 쓴 채 하루를 보냈고, 집에 돌아와서도 밖에서 마음껏 뛰어놀지 못했다. 어김없이 꽃들이 피어나고 새들도 찾아들었지만 먼지로 덮인 시골 동네는 온통 잿빛이었다. 희뿌연 창밖을 바라볼 때마다 나는 맥이 풀리고 온몸에 힘이 빠졌다. 미세먼지는 과다한 오염물질 배출로 인한 인재人災라지만, 거대한 공기의 흐름에 따라 이동하는 먼지들을 막을 길은 요원해 보였다. 피할 도리 없는 눈앞의 현실 앞에서 나는 봄이 지나갈 때까지 마음을 잡지 못했다.

※

때이른 더위가 시작되는가 싶더니 초여름부터 폭염이 찾아왔다. 폭염은 여름이 깊어가면서 살인적으로 변해 극한의 더위가 이어졌다. 이른 아침과 저녁에 잠깐 텃밭 일을 할 수 있을 뿐 뜨거운 태양 아래서 다른 정원 일을 할 엄두도 내지 못했다. 살기殺氣를 품은 듯한 비정상적인 여름의 더위는 관측 이래 최악의 폭염으로 기록되며 밖에서 일하는 사람들의 생존마저 위협했다. 지난해, 지지난해도 평년보다 더운 날씨였지만 올해 또다시 그 기록을 갈아치웠다.

뉴스는 연일 기록적인 폭염을 다루는 기사를 내보내며 우리나라뿐 아니라 전 세계적으로 나타나는 이상 기후 현상을 보도했다. 세계 곳곳에서 폭염뿐 아니라 태풍, 가뭄, 홍수 등 극한의 기상 이변이 나타났고 그 추세는 갈수록 혹독해지는 모양새였다. 국지적인 현상이 아닌 지구 전체의 문제인 이상 기후는 전문가들의 말처럼 기후 위기가 되어 브레이크가 고장 난 기차처럼 가속을 내며 질주했다.

봄에 이어 여름까지도 텃밭과 정원에서 많은 시간을 보내지 못했다. 그저 잠시 텃밭에 들러 작물이 얼마나 컸는지 둘러볼 뿐 시간과 노동을 요하는 일들은 미루거나 포기했다.

바깥일이 아직 익숙하지 않은 데다 체력도 좋지 않아 뜨거운 태양만 보아도 겁이 났다. 여름이 깊어갈수록 밭은 작물끼리 뒤엉키고 떠돌이 풀들로 가득해졌다. 마치 나의 무기력증을 증명이라도 하듯.

해가 진 저녁 무렵 아이들은 집 앞 개울가로 산책을 가고 싶다고 졸랐다. 낮 동안 마음껏 뛰어놀지 못한 탓에 저녁에나마 아쉬움을 달래고 싶은 모양이었다. 나는 애써 기운을 내어 아이들과 대문을 나섰다. 집 밖은 한낮 동안 뜨거워진 대지의 열기가 아직 남아 있었지만 적어도 따가운 햇볕이 사라진 뒤라 한결 나았다. 아이들은 오랜만의 저녁 산책에 신이 났는지 앞서 걷는가 싶더니 이내 뛰기 시작했다. 어둑한 시골길을 있는 힘껏 달리는 아이들을 뒤서서 천천히 걸어가는데, 순간 가슴이 먹먹해졌다.

'너희들이 어른이 되었을 때 이 세상은 어떤 모습일까? 너희가 아이를 낳아 그 아이가 다시 어른이 되었을 때는?'

생각만으로도 두렵고 무서웠다. 내 아이들이 어른이 되고 그다음 세대가 태어날 때에도 자연이 여전히 생의 풍요와 행복을 줄지 확신할 수 없었다.

지금의 속도라면, 인간이 자연을 대하는 방식이 바뀌지 않는다면, 우리의 욕망이 계속 질주한다면 자연은 결코 온화하지 않을 것이다. 그것은 이미 시작된 눈앞에 펼쳐진 현실이기도 했다. 자연의 아름다움을 사랑하는 마음 이상으로 자연을 깊이 경외하는 나로서는 이 시대의 뒷면을 깨달을수록 두려움이 차올랐다. 저녁 산책 내내 무거워진 마음은 쉽게 가라앉지 않았다. 점점 깊어지는 저녁녘의 어두움처럼.

내가 할 수 있는 일부터

한동안 꿈쩍도 할 수 없는 마음의 병을 앓았다. 끝이 보이지 않는 무기력함과 나의 꿈이 물거품이 될 거라는 좌절감, 내가 향했던 아름다움이 잿빛으로 변할지 모른다는 두려움이 나를 덮쳤다. 지구라는 공간, 그 안에 살아가는 생명, 생명을 주관하는 자연에서 일어나는 현실을 직시할수록 나는 더 깊은 수렁으로 빠져들었다.

해가 지날수록 위기는 더욱 심각해지고 있었지만 그 어디에도 해결책은 보이지 않았다. 인간 세상은 늘 그렇듯 앞을 향해 질주할 뿐 뒤를 돌아보는 법이 없었고 속도를 늦출 생각도 없어 보였다. 나는 두렵고 무서웠다. 부드럽고 온화했던 자연의 기운은 날카롭고 뾰족한 칼이 되어 나를 향했다. 주변 사람들은 이런 걱정을 그저 과민반응으로 여기며 자신과 무관한 일로 치부했지만 그것은 뻔히 눈앞에서 벌어지고 있는 과학적 현실이었다. 외면한다고 해서 진실을 가릴 수는 없었다.

세상은 고요한 듯 보였다. 하지만 나에게 세상은 고요하지 않았다. 가려진 죽음과 파괴, 인간의 욕망으로 인한 자연의 절규가 또렷하게 들려왔다. 지구 반대쪽에선 사람이 먹을 가축을 키우기 위해 지구의 허파와 같은 거대한 산림을 불태우고, 바다 한가운데엔 사람들이 버린 쓰레기가 상상할 수 없는 크기의 섬이 되어 떠다니며, 전 세계에 걸친 기후 위기로 가뭄과 홍수, 혹한과 혹서 속에서 수많은 생명들이 위기에 놓여 있었다.

텔레비전 화면을 통해 그 광경들을 보면 마치 현장에 있는 듯 생명들의 통증이 고스란히 느껴졌다. 숲속의 생명들은 불에 타고 바다의 생명들은 쓰레기에 고통받으며 죽어간다. 대체 자연의 충만함과 아름다움은 어디로 사라진 걸까. 텔레비전의 광고 속에? 아니면 농약과 유전자 조작으로 범벅된 마트의 싱그러운 야채들 속에? 내 눈앞에서 벌어지지 않는다고 해서 나와 상관없는 일로 치부할 수 없는 일이었다. 그것은 바로 내 문제이자 아이들의 문제였다. 지구의 문제는 지구인 모두가 직접적인 당사자이기 때문이다.

※

이른 새벽 나는 침대에서 벌떡 일어났다. 곧바로 부엌으로 가서 쓰고 있던 일회용품들을 찾아 정리하기 시작했다.

'그래, 그냥 뭐라도 좀 시작해보자. 내가 할 수 있는 일부터.'

수렁의 바닥까지 빠진 듯 도저히 헤엄쳐 나오지 못할 것 같던 마음의 병이 어느 순간 전환점을 맞이했다. 무엇이 되었든 내 자리에서 가능한 일을 해보자는 마음이었다. 언제까지 지켜보며 마음만 아파하고 있을 수는 없었다. 여전히 절망스럽고 비관적이라 해도, 아무것도 되돌릴 수 없다 해도 말이다.

그동안 느낀 당혹감과 슬픔, 절망의 감정을 미뤄두고 이성적으로 생각하기 시작했다. 내 일상 속에 내재한 찌꺼기는 없는지, 세상의 속도를 따르며 나도 모르게 그 일원이 되어 한몫을 하고 있었던 것은 아닌지 다시 바라볼 필요가 있었다. 적어도 내 자리에서만큼은 자연을 아프게 하는 것들이 최소한으로 줄어들기를 바랐다. 나는 비록 작고 작은 존재이지만 지금의 이 거대한 흐름 또한 나와 같은 작은 점들로부터 비롯된 것이니 나는 작지만 작지 않은 존재임이 분명했다.

마땅한 수고로움

살면서 일상을 되돌아본 경험이 있었던가? 무얼 먹고 입으며, 얼마나 쉽게 사고 버리며, 어떤 방식으로 즉흥적인 욕구를 충족하며 살고 있는지, 소비자의 입장이 아닌 지구인의 입장에서 시간을 들여 돌아볼 필요가 있었다.

매일의 활동은 무의식적이고도 습관적으로 일어나서 애써 들여다보지 않는 한 세상의 파도에 휩쓸려 이리저리 부유하기 마련이다. 단 한 번도 스스로 제동을 걸거나 문제의식을 갖지 못했던 날들을 잠시 멈추고 삶을 들여다볼 때다. 어디를 향하고 있었는지, 부지불식간 다른 생명들에게 피해를 주진 않았는지, 나의 편리를 이유로 다음 세대에게 감당하기 힘든 짐을 떠맡긴 것은 아닌지 찬찬히 살펴 일상을 보듬어야 한다. 지금을 놓치면 나는 또 어딘가로 떠밀려 좌표를 잃고 떠도는 배가 될지 모를 일이다.

✳

　남의 집을 구경하듯 방마다 기웃거리며 집안 살림살이를 관찰했다. 찬장을 열 때마다 무단히 사둔 청소 세제가 하나씩 튀어나왔고, 포장 음식에 딸려 온 나무젓가락과 플라스틱 스푼, 포크, 나이프 등이 한 움큼은 되었다. 일회용 랩과 비닐봉지, 비닐장갑, 물티슈 등이 생활필수품인 양 상비되어 있는가 하면, 욕실 안은 각종 플라스틱의 욕실용품과 화장품으로 채워져 있었다. 버려진 식료품의 포장재가 재활용 박스에 가득했고, 일회용 물걸레와 일회용 끈끈이, 일회용 행주 등은 여분까지 넉넉히 사다 둔 것이 눈에 띄었다.

　어느 집에나 있을 법한 평범한 집안 풍경이지만 전과 다른 관점으로 바라보자 모든 것이 낯설었다. 무엇보다 그동안 아무런 비판의식 없이 일회용품에 젖어 살아온 내 일상이 당혹스럽고 놀라웠다. 과도하게 편리를 좇지 않았다 해도 어느새 삶의 구석구석이 자연을 해치는 물건들로 들어차 있었다. 나의 생활습관이야말로 자연을 향한 날카로운 칼이자 아이들의 미래에 돌을 던지는 주범이 아니었던가! 과연 이런 나에게 자연을 즐기고 사랑할 자격이 있는지 되묻고 싶었다.

　나는 일회용품을 차근히 정리하는 시간을 가졌다. 완벽하진 않아도 일회용품을 대신해줄 대체용품도 찾아보았다. 비닐랩 대신 뚜껑이 있는 다회용기를, 비닐봉지 대신 천주머니를, 비닐장갑 대신 손을, 물티슈 대신 손수건을 준비하고 일회용품의 빈 자리에 채워 넣었다. 처음엔 다소 낯설었지만 매일 조금씩 습관을 들이며 내 일상으로 만들어나갔다.

다만, 대체용품을 사용하는 데 있어 미리 인정해야 할 부분이 있다. 그건 어떤 대체용품도 일회용품만큼 편리하지 않다는 사실이다. 쓰고 더러워진 것을 그냥 버리는 것이 아니라 다시 쓸 수 있도록 세탁하고 건조하는 데에는 분명 수고가 필요하다. 더러워진 걸레, 손수건, 천생리대, 천주머니 등을 오롯이 내가 떠맡아 처리해야 하는데 어찌 편할 수 있을까.

하지만 반대로 생각하면 그것은 처음부터 내가 했어야 할 수고였다. 사람이 살아가며 스스로 해결해야 할 마땅한 몫이다. 자신이 해야 할 몫을 온전히 맡지 않고 버림을 통해 외면하니 그것이 고스란히 다른 곳으로 전가된 것이 아닌가. 땅으로, 바다로, 다른 생명의 배 속으로. 그 연결성을 이해할 때 일상의 수고는 당연한 것이 되며, 우리는 그것을 한 생명으로 살아가며 짊어질 노동으로 받아들이게 된다. 비록 이 시대는 그 노동을 하찮고 불필요한 일로 치부하지만 말이다. 확신하건대, 일상의 수고는 세상이 온전히 돌아가는 데 반드시 필요한 생명의 활동이다.

잃어버렸던 나의 수고를 되찾는 일은 이제 시작이었다. 가끔은 힘겹고 지치기도 했지만 중요한 것은 지금 내 자리에서 할 수 있는 최선을 다하는 것, 그리고 지속하는 것이었다. 나는 자연에게, 내 아이들에게 떳떳하고 싶었다.

물건들의 수명 늘리기

오전 내내 아이들의 작아진 옷을 분류하고 분해하는 데 시간을 보냈다. 작아진 옷가지 중 아직 쓸 만한 것은 동네 동생에게 물려주기 위해 보자기에 싸두었다. 닳거나 구멍 난 옷은 그냥 버리기가 아까워 천을 잘라두거나 단추와 고무줄, 소매 끝과 끈 등을 분리해 따로 보관했다. 가끔 아이들 옷을 수선할 때 요긴하게 쓰이는 소품들이다.

잘라둔 천으로는 딸아이를 위한 조그만 가방이나 지갑을 만들기도 하고 구멍 난 무릎 부분을 덧대는 데 쓰면 좋았다. 조금 두꺼운 천은 겨울에 바깥 수도를 감싸는 데 쓸 수 있을 것 같았다. 아이들이 깨끗하게 잘 입고 모두 물려주면 좋을 텐데, 그것만큼은 마음처럼 되지 않았다. 우리 집 애들이야 옷에 구멍이 나면 꿰매어 입혔지만 그런 옷을 동네 동생에게 물려줄 수는 없는 노릇이었다. 꼼꼼히 챙겨도 버려야 할 옷들은 나오기 마련이어서 마음이 편치 않았다.

작아진 옷을 치우고 나면 아이들에겐 새 옷이 필요했다. 예전부터 주변에서 물려받아 입혀온 터라 올해도 어김없이 형과 언니가 준 옷들을 고맙게 받아두었다. 다만 받은 옷만으로 부족할 때는 필요한 품목에 한해 구입을 하곤 했는데, 그마저도 이제부터는 중고를 찾아보기로 했다. 중고가 새로 사는 일보다 더 번거롭고 시행착오도 많았지만, 가능한 만큼 시도해보기로 했다. 그나마 중고로도 구할 수 없을 땐 결국 구입해야 할 것이다.

※

새것 대신 중고를 사거나 주변에서 받아 쓰자는 원칙은 아이들 옷에만 국한되지 않는다. 나에게 필요한 물건들은 물론이고 집안에 필요한 생활용품도 마찬가지다. 식료품과 소모성 생필품을 제외한 모든 것이 이에 해당한다.

중고를 사더라도 2주 이상의 숙려 기간을 두면서 대체품이 될 만한 것을 집 안에서 우선 찾아보기로 했다. 직접 만들수 있는 재료가 있다면 스스로 만들고, 그게 어려우면 주변에 사용하지 않는 여분이 있는지 묻고, 그래도 찾지 못하면 중고를 알아보는 방식이다. 누가 보면 엄청난 짠순이로 여길 일이다.(이미 아이들은 엄마를 그렇게 생각하고 있다.)

사실 돈 절약보다는 새 상품을 소비하지 않고 기존 물건들의 수명을 늘리는 것이 더 큰 목적이다. 그럼에도 과정과

결과로 보면 비슷한 모습이다. 실제로 돈의 지출이 눈에 띄게 줄고 애써 노력하지 않아도 알뜰하게 지낼 수 있게 되었다. 아무래도 좋다. 남의 눈에 어떻게 보이느냐는 중요하지 않으니까. 물건의 수명이 점점 짧아져 가는 시대에 누군가가 더 이상 필요로 하지 않는 물건을 필요로 하는 내가 받아 쓰며 그 수명을 연장할 수 있다면 그것으로 족하다.

❋

참 신기하게도, 각각의 물건들이 갖는 생명을 늘리려 노력할수록 굴러들어 온 끈 하나, 신문지 한 장에도 애정이 갔다. 하찮은 물건도 어디에 어떻게 쓸지 요리조리 머리를 굴려보고 실제로 시도하다 보면 생각지 않게 무릎을 치게 될 때가 있다.

한번은 고리가 달린 고무장갑이 찢어졌는데 멀쩡한 고리가 아까운 마음이 들어 떼어내 보았다. 생각보다 쉽게 분리가 되었다. 다른 고무장갑에 끼워 사용해보니 어찌나 편리하던지! 이젠 애써 고리가 달린 고무장갑을 살 필요가 없었다. 이 고리 두 개면 언제까지고 유용하게 쓸 테니까.

별 볼 일 없어 보이는 물건도 마음을 쓰고 생각을 모으면 새로운 자리를 찾는다. 어떤 것들은 좀 더 시간이 필요하지만, 마음 한구석에 두고 있다 보면 어느 상황에서인가 '아!' 하고 아이디어가 떠오른다. 식빵에 딸려 온 작은 금색 끈을 고춧대를 묶는 데 사용할 때, 플라스틱 병뚜껑을 비누받침으로 사용할 때, 버려지는 옷에서 빼둔 고무줄을 아이 바지 고무줄을 늘리는 데 사용할 때, 아이들이 사용했던 한글 공부 교재가 글을 처음 배우시는 할머니들께 기부될 때 나는 특별한 기쁨을 느꼈다.

작은 물건일지라도 애정을 갖고 그 자리를 찾으면 또 다른 쓰임으로 일상을 함께할 수 있다. 나는 다름 아닌 소소한 애정의 마음을 배워나가는 것 같았다. 내 삶 구석구석 허투루 버려지거나 취급되는 것 없이 아끼고 보듬는 마음을 말이다.

손으로 보듬는 살림

나물을 무치고 바느질을 하고 텃밭의 풀을 매는 내 손은 분
주했다. 일회용품을 사용하지 않고 소비를 줄여나가니 손의
쓰임이 많아지는 것은 자연스러운 일이었다.

손은 집안의 살림살이를 만드는 데에도 쓰였다. 손수건의
경우 처음엔 그저 휴지 대신 사용해볼 목적으로 몇 개를 두
고 써보았는데, 사용하다 보니 훨씬 편해서 가족들도 애용
하게 되었다. 넉넉히 두고 쓰자면 여분의 손수건이 필요했
다. 손수건을 만들어볼 요량으로 아이가 어릴 적 썼던 속싸
개를 꺼내 재봉틀로 만들자 열 장도 넘게 나왔다. 딱 내가 바
라던 손수건이었다. 파는 물건보다 부드럽고 크기도 적당해
서 가볍게 사용하기 좋았다.

이런 방식으로 다른 자투리 천을 이용해 걸레, 천주머니,
천생리대도 만들면 좋을 것 같았다. 나는 곧 시도를 했고, 아
주 정갈하진 않아도 필요한 만큼의 물건을 만들어냈다. 다

만 조금만 기술을 갖춰 능숙하게 만들 수 있다면 얼마나 좋을까 싶었다. 아직 여러모로 서툰 탓에 시간과 노력이 많이 소모되는 것은 아쉬운 부분이었다.

집안에 필요한 목공 일이나 요리에도 손이 더 많이 갔다. 다만 무엇을 하든 서툴러서 시작도 하기 전부터 주저하는 마음이 드는 것은 어쩔 수 없었다. 이런 일이야말로 삶에 꼭 필요한 기술이자 노동인데, 어째서 정작 중요한 것은 살면서 배우지 못했는지 아쉬웠다. 하지만 지금부터라도 배워가는 수밖에 도리가 없다. 하나씩 차근차근 할 수 있는 만큼.

간단한 살림살이라 해도 필요한 물건을 만들거나 고치기 위해선 기초적인 기술이 필요했다. 가끔씩 힘에 부치고 벽에 부딪치는 기분이 들 때면 도움을 줄 누군가가 간절했다. 혼자 해결하는 데 한계점을 느낀 나는 최소한의 기술이라도 배워보자는 마음으로 주변 공방의 문을 두드렸다.

우선 목공과 바느질을 배우기 시작했는데, 목공으로는 일상의 소소한 물건을, 바느질로는 옷을 수선하거나 간단한 옷가지를 만드는 기술을 익혔다. 전문가가 되려는 것이 아니니 재료를 다루는 기본 원리와 도구의 사용 방법, 무엇이든 시도할 용기를 얻는 것만으로도 큰 도움이었다. 얼마간의 시간 투자로 일상의 자유를 얻는 것이 나의 목표였다.

다른 한편으로는 지역의 공동체가 운영하는 프로그램에 참여해 된장, 고추장, 김치 담그는 법을 배웠다. 결혼 후 오랜 외국 생활과 육아로 혼자서는 엄두도 내지 못했던 일이었는데, 시골 농가에서 사람들과 함께 배우고 일하며 나누니 뿌듯한 것은 물론이고 힘든 노동도 즐거웠다. 된장과 고추장이 만들어지는 전 과정을 직접 보고 경험하는 일은 몰랐던 비밀을 알게 된 듯 놀라웠고, 나도 할 수 있다는 전에 없던 자신감도 생겼다. 모두가 사람이 하는 일인데 못 할 것이 없었다. 나와 상관없는 세상의 일, 혹은 마트에서 사 먹는 것으로 치부해버렸기에 불가능해 보였을 뿐이다.

※

손끝으로 살림살이의 구석구석을 살피고 보듬는 생활을 해나가면서 문득문득 어린 시절이 떠올랐다. 지금의 나로서는 아무리 해도 따라갈 수 없는, 엄마의 수고와 정성들로 가득했던 시절이었다. 겨울에 엄마가 직접 만든 따끈한 손두부며, 동생 키만 한 독에서 익어가던 누룩과 막걸리, 새해가 오면 어김없이 썰어대던 떡가래, 묵은지와 손두부로 온 가족이 모두 모여 만들던 만두, 엄마가 바느질 해준 폭신한 솜이불, 기름을 바르고 소금을 뿌려 금방 구워낸 김, 추운 겨울 장독에서 금방 꺼내 온 동치미의 살얼음까지 아직도 그때 누렸던 일상의 맛과 촉감, 냄새를 기억하는 것을 보면 그 하나하나가 어린 나에게 따뜻한 온기였던 것 같다.

그 모두가 가능한 살림이란 과연 어떤 것이었을까? 감히 상상하기도 힘들다. 아마도 일상의 전부를 먹고 자고 살아가는 일에만 오롯이 집중한, 삶을 위한 삶이 아니었을까. 이제 엄마는 연로하셔서 딸을 보러 오기도 힘겨워하시지만 여전히 머릿속으로는 일상의 모든 일에 만능 그대로시다. 살림은 엄마 몸속에 그대로 녹아 엄마의 삶이 되었기 때문이다.

참 아이러니했다. 자연을 만나고 그 사랑을 실천하기 위해 선택한 삶이 엄마의 지난 삶과 연결될 줄이야. 단 한 번도 엄마처럼 살고 싶다고 생각한 적이 없었고, 그 수고를 마음에 깊이 담은 적도 없었는데 말이다. 일에 찌들어 늘 퉁퉁 부어 있던 엄마의 손이 눈에 선했다. 고운 손을 가진 사람들 앞에 서면 자기도 모르게 손을 숨기게 된다던 엄마의 손.

엄마에 비하면 내 손은 여전히 곱다. 고운만큼 할 줄 아는 것도 없고 모든 게 서툴다. 노력하고 있지만 아직 가야 할 길이 멀다는 이야기다. 그럼에도 그토록 하찮게만 여겼던 살림을 새로이 바라보고 소중히 여기게 된 것, 그리고 그동안 미처 깨닫지 못했던 엄마의 수고스러운 삶의 가치를 새삼 느끼게 된 것은 정말 큰 선물이었다. 아직 나에겐 엄마라는 스승이 계시니 얼마나 다행인지. 비록 시대가 달라 엄마와는 다른 삶을 살아가겠지만, 결국 살림이란 작게는 내 가족을, 크게는 우리와 연결된 생명들을 품는 가치 있는 일인 것만큼은 변함이 없다. 내 손 또한 엄마처럼 내 삶을 충실히 사랑한 하나의 징표가 되지 않을까.

선택하는 삶

텃밭을 헤치고 들어가 잘 익은 호박과 오이를 하나씩 골라 가위로 밑동을 자르고 채반에 담아 부엌으로 돌아왔다. 오늘의 점심은 호박볶음과 오이무침이다. 따뜻한 밥 한 공기와 텃밭의 채소로 만든 반찬을 앞에 두니 더 바랄 것이 없다. 소박하지만 풍성한 밥상이다. 마음속에 충만함과 감사함이 가득 차올랐다. 하늘과 태양, 바람과 비, 이 땅과 모든 생명들을 향한 무한한 감사함이다.

텃밭 채소가 커가는 과정을 지켜보고 그 잎과 열매, 뿌리로 요리를 하면서 우리가 매일 먹는 것은 다름 아닌 생명임을 확인한다. 모양이 예쁘든 못생겼든, 크기가 크든 작든 상관없이 모두 귀하고 감사한 생명이다. 나에게 주어진 생명을 낭비와 버림 없이 잘 먹는 것, 그것이야말로 감사함의 진정한 표현이자 도리다.

우리 가족은 언제나 적당한 양을 요리해 맛있게 모두 싹

먹었다. 너무 많은 음식을 차리거나 과하게 먹는 것은 피했다. 나와 가족에게 필요한 하루의 에너지를 줄 최소한의 음식이면 충분했다.

육식을 즐기던 습관은 보이지 않는 고민과 노력으로 조금씩 바뀌어갔다. 육식을 그만둬야 할 필요성을 인지하면서도 아이들과 늘 먹던 습관에서 벗어나기란 쉽지 않았다. 궁리 끝에 미리 채식 식단을 짜보기도 하고, 나물류나 조림반찬, 덮밥 등 새로운 채식요리를 시도해나가면서 고기를 먹지 않고 지나가는 날들이 서서히 늘어났다. 그러고 보니 변화가 어려웠던 건 육류를 중심으로 한 메뉴에 익숙해져 있던 탓도 있었다. 하루도 피하기 힘들었던 육식은 이틀에 한 번, 닷새에 한 번으로 줄어들었고, 마침내 일상적으로 먹지 않게 되었다.

물론 아이들은 여전히 고기를 좋아해서, 때때로 먹고 싶다고 요청하는 날에는 아이들이 원하는 메뉴로 만들어주었다. 아이들은 고기를 좋아하면서도 육식이 환경 파괴의 주범임을 잘 알고 있었기에 가급적 최소한으로 먹으려 노력했다. 나는 아이들이 스스로 결정하고 행하는 것 이상 강요하지 않았다. 가족이 함께 노력하는 마음을 나누는 것만으로 충분하다고 느꼈다. 또한 채식뿐 아니라 그 어떤 일들도 의지에 따라 자신의 삶을 스스로 제어하고 선택할 수 있다는 것을 무언으로 알려줄 수 있어 족했다.

＊

환경을 위해 노력하는 사이 내 안의 불필요한 욕구들이 하나둘 걷혔다. 그 덕에 나는 몸도 마음도 가벼워졌을뿐더러 전에 없이 평온했다. 세상 밖은 시끄러울지언정 내 안에는 평화가 깃들었다. 더 가지려 하지 않으니 바랄 것이 없었고 세상의 아름다움을 탐하지 않으니 있는 그대로의 내 모습을 자연스럽게 받아들였다. 오직 바라는 것이 있다면 지금이라도 병들어가는 자연을 지켜 내 아이들에게 자연의 충만함을 물려주는 것, 그것뿐이었다.

누군가는 나에게 혼자 그렇게 애쓴다고 뭐가 달라지느냐고 묻는다. 맨 처음 고착된 일상을 바꾸기 위해 고군분투할 때는 나도 그렇게 생각했다. 나 한 사람 바뀐다고 세상이 달라질까? 나 한 사람이 뭐 그리 대단하다고 전에 없던 불편함을 참아내며 몸이 고되도록 수고스러움을 사서 하는 걸까 싶었다. 보잘것없는 개인의 미약함과 한계, 무모함을 느낄 때마다 주저앉고 싶었고 매 순간 마음속에서 일어나는 갈등과 마찰에도 지쳐갔다. 그럼에도 내가 할 수 있는 것은 이것뿐이란 생각에 한 발짝씩 걸었다.

그런데 그렇게 한참을 걷다 뒤돌아보니 어쩐지 이상한 느낌이 들었다. 나는 그저 비정상에서 정상으로 돌아온 것 같은, 원래 그랬어야 할 삶으로 돌아온 듯한 기분이었다. 자연을 지키고 싶다는 큰 목적이 나를 이끌었지만 개인적으로 보면 이제야 가장 인간적인 삶을 살게 된 듯했다. 생명을 사랑하고 그들을 위해 수고하며 최소한의 발자국으로 세상을 더럽히지 않으려는 노력을 비정상이라고 말할 수 있을까. 편의성에 의존하기보다 스스로 삶을 통제하고 관여하며 자립적이기 위해 노력하는 것이 어떻게 비정상인 것일까.

오히려 나는 이제야 이 시대의 삶이 얼마나 불필요한 과잉과 욕구의 범벅 속에 헤메고 있는지를 제대로 보게 되었다. 인간이 어디를 향하고 있으며 그 끝이 어디인지 정확히 알 수 있었다. 난 이제 당당히 말할 수 있다. 나는 이 삶을 선택했노라고. 왜냐하면 지금의 삶이 지극히 인간적이며 모든 생명이 함께 살아가는 길이라고 믿기 때문이다.

등원 산책길

시골에 터를 잡고 있는 딸아이의 어린이집은 집에서 도보로 40분 정도 걸렸다. 가끔은 걸어서, 가끔은 동네 버스로, 가끔은 차를 이용해서 등원을 했는데 날씨에 따라, 아이 컨디션에 따라 방법을 정하곤 했다. 딸아이는 걷는 것을 워낙 좋아해서, 버스나 차를 이용하는 날에도 짧게나마 동네 산책을 즐기곤 했다. 버스로 가면 버스 정류장에서 어린이집까지, 차를 타고 가면 길가에 주차를 하고 동네 길을 따라 걸었다.

어린이집에서 늘 다니는 산책길을 엄마와 함께 걸으면 아이는 한껏 들떠서 쉴 새 없이 종알거렸다. 길 위에서 만나는 자연물과 생명들에게 익숙하게 인사를 건네고 오늘 피어난 들꽃 앞에서 따도 될까 고민했다. 친구들과 어디로 어떻게 산책을 하는지 시골길을 일일이 되짚어 주었고 그 길에서 만나는 닭과 강아지, 고양이 목격담을 늘어놓았다. 논길을 걷는 사이 어느 사이엔가 바짓단에 도깨비바늘이 달라붙으면 그 씨앗을 떼어내 너무 귀엽지 않냐며 나에게 보여준다. 우리는 도깨비바늘을 코앞에 대고는 한참을 들여다보았다.

＊

산책길에는 소박한 시골집들이 줄지어 있는데 집집마다 앞마당에 제각기 다른 나무들이 자라고 있었다. 어느 집엔 주인장의 애정 어린 손길이 깃든 머루나무 가지가 길게 이어져 멋진 담장을 이루었고, 어느 집엔 아름드리로 자란 밤나무가 길가에까지 무성한 가지를 늘어뜨리고 있었다. 담장 아래 찔레나무가 동네를 환하게 밝힐 만큼 예쁜 꽃을 피워 존재감을 과시하는가 하면 온몸에 가시가 돋은 음나무는 볼 때마다 섬뜩했다. 동네 개울가 주변엔 누구의 소유인지 모를 개복숭아나무, 밤나무, 대추나무, 자두나무, 사과나무가 줄지어 심어져 있었고, 가을이면 그 모든 열매들이 떨어져 바닥을 뒹굴었다.

산책길을 이루는 이 모든 나무들에 잎이 나고 꽃이 피고 열매를 맺는 과정을 1년 내 지켜볼 수 있었던 것은 얼마나 큰 행운이었던지. 그중에서도 사과가 익어가는 모습은 잊지 못할 사랑스러운 장면이었다.

시골집 앞마당에 심어진 고추, 들깨, 가지, 호박 등의 텃밭 작물이 어떻게 커가는지 힐끗거리며 구경하는 재미도 빼놓을 수 없었다. 잔뜩 굽은 허리에도 아침 일찍부터 텃밭에 나와 분주히 손을 움직이시는 할머님을 뵈면 그 조용한 부지런함을 찬탄의 눈으로 바라보게 되었다. 딸아이를 따라 처음 뵙는 할머니께 아침 인사를 건네고 눈웃음을 나누면 조금은 멋쩍었지만 잊고 있던 시골의 따뜻한 온기가 느껴져 좋았다.

※

길가의 들풀이 피워낸 색색의 꽃을 부지런히 꺾던 딸아이는 금세 작은 꽃다발을 만들더니 선생님께 드릴 선물이라며 미소를 지었다. 이름 모를 풀들이 만들어낸 꽃다발이 이토록 예쁠 줄이야!

딸아이는 선생님이 꽃다발을 누구보다 기쁘게 받아주실 것을 알고 있는 듯 한껏 신이 나서는 시들기 전에 어서 갖다드려야 한다며 발걸음을 재촉했다. 꽃다발이란 사람을 언제나 행복하게 만드는 힘이 있음을 아이도 알고 있는 걸까.

어린이집에 도착하자마자 딸아이는 등 뒤에 숨겨둔 들꽃다발을 선생님께 내밀었고, 선생님은 깜짝 놀라며 밝은 웃음으로 고맙다며 안아주셨다. 작은 들꽃으로 맞이하는 따뜻하고 행복한 아침이었다. 들꽃을 보며 선생님을 생각한 딸아이도, 그 소박한 들풀 꽃다발을 환한 웃음으로 받아주신 선생님도 그 마음이 참 예뻤다.

새 터전으로

시골집에 세 번째 겨울이 다가오고 있었다. 겨울을 맞이할 준비로 분주할 때지만 이번엔 그렇지 않았다. 다가올 1월에 시골집을 떠나 경기도 수원으로 가게 되었기 때문이다. 이번 겨울은 추위를 날 준비보다는 짐을 정리하고 새로 이사할 집을 찾아야 하는 숙제가 생겼다. 시골 생활은 이번 겨울을 보내지 못한 채 끝이 날 것이다.

※

남편과 약속했던 2년의 시간이 지나갈 무렵 남편의 건강에 조금씩 이상 신호가 오면서 나와 남편은 다시 함께 사는 것을 고민하게 되었다. 아이들이 춘천에서 안정되게 지내고 있었고, 아빠가 춘천으로 오기를 간절히 바라고 있었기에 남편은 다시 춘천으로 이직할 방법을 찾았다. 그러나 남편의 노력에도 불구하고 우리의 바람은 끝내 이뤄지지 않았다. 아이들과 매일 밤 손을 맞잡고 기도한 간절함도 소용없었다.

남편이 오지 못한다면 우리가 남편 곁으로 가야 한다고 생각했다. 나는 주저 없이 춘천을 떠나기로 결심했다. 남편의 건강 문제보다 우선순위에 놓을 수 있는 것은 없었다. 아쉬움이 없었던 것은 아니지만 운명을 거스르고자 할 때가 있다면 또 운명을 받아들여야 할 때가 있는 법이다.

이제는 그동안 힘든 시간을 보냈을 남편과 함께 그곳이 어디든 아이들과 다시 가족을 이루어 살아가야 할 때가 되었다. 찾고자 한 것을 다 얻은 것은 아니었지만, 이젠 어디서 살든 자연을 느끼고 발견할 수 있다는 믿음과 더불어 자연을 향한 내 삶의 방식을 지켜나갈 자신이 있었다. 그럼에도 내 마음의 고향인 춘천을 떠난다는 사실은 생각만 해도 눈물이 쏟아질 만큼 슬픈 일이었다. 나뿐만이 아니라 아이들도 그랬다.

※

고된 외국 생활 끝에 찾아온 춘천, 이곳에서의 6년이라는 시간은 꿈처럼 지나갔다. 만신창이같이 너덜거리는 마음으로 오늘 하루만 버려보자고 다짐했던 순간들이 어느덧 아이들과 한없이 웃는 행복한 날들로 바뀌었다. 지역사회가 주는 따뜻함과 여유, 자연의 풍요가 없었다면 내 마음은 과연 치유될 수 있었을까. 물질이 행복을 좌우하는 삶에 얽매여 생명의 소중함을 끝내 깨닫지 못했다면 나는 오늘의 가치와 생의 방향을 찾을 수 있었을까.

사람의 온기와 이웃의 나눔, 지역사회가 주는 소박함과 생명의 존재를 자각했던 시간들은 모호했던 내 삶에 선명한 지표가 되어주었다. 이 짧은 생에 무엇이 중요한지, 소중하게 여기는 것들을 위해 나는 무엇을 해야 하는지, 어떻게 살아야 하는지, 다음 세대인 아이들을 위해 남은 생을 어떻게 이끌어야 하며 무엇을 가르쳐야 하는지를 말이다. 이곳 춘천은 어수룩하고 철부지 같던 어린 나를 어른으로 성장시키고, 보석 같은 삶의 진리를 말없이 가르쳐준 온기 어린 삶의 공간이었다.

어쩌면 나는 또 다른 성장을 위해 이곳을 떠나야 하는 것인지도 몰랐다. 한 곳에 깊이 뿌리 내리지 못하는 것이 나의 운명이라면 그 운명을 받아들여 나를 성장시키는 원동력으로 삼는 수밖에. 가질 수 없는 것에 더 이상의 미련을 둘 시간이 없었다. 한시바삐 우리 가족이 뿌리내릴 새 터전을 찾아 나서야 했다. 그곳은 우리에게 필요한 최소한의 녹지와 산책길, 그리고 열린 하늘이 있어야 하며, 무엇보다 아이들이 안전하게 뛰어놀 수 있는 곳이어야 했다.

4

바로 여기, 오늘을 살다

서식지의 조건

하물며 길가에 핀 작은 들풀들도 살던 곳을 떠나 새로운 곳에 뿌리를 내리려면 몸살을 한다. 사람 눈에는 비슷해 보이는 조건 같아도 식물들은 그 땅에 자신의 뿌리를 내릴 수 있는지 없는지를 몸으로 느낀다. 토양, 햇볕, 습기, 바람, 주변 식물 등 자신의 몸에 맞는 조건이라면 무탈하게 살아가겠지만 그중 어느 것 하나라도 결핍되면 건강한 삶을 살지 못한다. 이것은 작은 들풀에만 국한된 사실이 아닌 자연 속 모든 생명들의 이야기다. 생명체란 자신이 존재하는 공간을 기반으로 삶을 이어나가므로 서식지가 곧 생의 건강과 안위를 결정한다고 해도 과언이 아니다.

※

남편이 이직하여 살고 있는 경기도에 우리 가족이 새롭게 살아갈 집을 찾아 나섰다. 단순하게 보면 남편의 직장을 따라 도시로 이사를 가는 것이니 직장 근처에 적당한 집을 얻으면 될 일이었다. 하지만 나는 우리가 살아갈 공간을 가볍게 결정하고 싶지 않았다. 다른 생명체들에게 서식지가 그러하듯 나에게 집이란 집 자체로 존재하기보다는 환경으로 인식되었다.

공기, 물, 산, 나무, 사람들 등 주변 요소는 물론이고 주거지에서 자연으로의 접근성, 사람들과 자연의 관계, 아이들이 누릴 수 있는 자연환경, 도시의 구조, 교통량과 소음, 유해시설 등 우리의 건강과 삶에 영향을 미치는 많은 요소들을 최대한 살펴보고 확인해야 했다. 설령 그 모두를 만족시키는 곳이 없다 해도 우선순위를 정해 감내할 수 있는 선에서 수용 여부를 판단해 선택하고 싶었다. 문제는 우선순위이며, 삶의 핵심 가치를 어디에 두느냐에 따라 집의 선택은 완전히 달라질 것이었다.

우리 가족의 첫 번째 우선순위는 역시 남편의 출퇴근과 아이들의 통학 거리였다. 매일 안전하게 다녀야 하는 곳이니 가까울수록 좋은 것은 당연했다. 두 번째 우선순위는 산이었다. 산은 도시에서 가장 건강한 자연을 간직한 공간이므로 도시에 살게 된 우리 가족에게 자연의 풍요로움을 채워줄 최선의 대안이었다. 인위적으로 조성된 공원도 나쁘지 않았지만 공원 주변은 사람들이 워낙 선호하는 터라 집값이 비쌀 뿐 아니라 충만한 자연을 느끼기에도 부족함이 많았다. 강원도의 질푸른 산과 감히 비교할 바는 아니라 해도, 도시의 삶에서 결핍되기 쉬운 자연적 감성을 충족시키기에 산만큼 좋은 곳이 없었다. 나는 산 아래 위치한 집을 찾기 시작했고 몇몇 후보지를 추려냈다.

그런데 직접 찾아가 본 후보지들은 대체로 실망스러웠다. 산마루에서 내려오는 능선이 땅에 채 닿기도 전에 누가 더 높은지 경쟁이라도 하듯 고층 아파트들이 빼곡히 들어서 있었다. 상상했던 산의 자연스러운 능선은 아파트 숲에 가려져 볼 수 없었고, 지역을 위한 공공의 산이 특정 집단에게 삼켜진 것 같아 씁쓸했다. 아무리 한 평의 땅이 아쉬운 도시라지만 산 고유의 공간만이라도 지켜주었더라면 지역 사람들에게 얼마나 큰 쉼과 위로의 공간이 되었을까. 사람이 밀집한 도시에서 산이 산으로 존재하기란 얼마나 어려운 일인지 새삼 실감했다.

※

그러던 중 다행스럽게도 우리에게 가장 적합한 서식지를 발견할 수 있었다. 집을 찾는 데 가장 큰 공을 세운 것은 다름 아닌 위성지도였다. 경기도 지역은 방대한 데다 도시들이 서로 얽혀 있어 지역을 구분하기 어렵고, 밀집도가 높아 주변 환경을 한눈에 파악하기 힘들었다. 게다가 짧은 일정 동안 집을 찾아야 해서 난감했는데, 위성지도로 사진을 보듯 내려다보니 큰 시야로 환경적 요소들을 바로 볼 수 있었다. 집보다 환경을 중요하게 여기는 만큼 땅의 눈높이보다 위성지도를 통해 파악할 수 있는 정보가 훨씬 넓고 중요한 것들이었다.

주어진 정보를 읽는 데 있어 주요한 관점은 '건강한 삶을 살 수 있는 곳인가'였다. 인근 도시의 공장단지나 유해시설, 물류센터가 어디에 얼마나 밀집해 있는지, 주변에 형성된 도로망이 주거지의 공기나 소음에 어느 정도의 영향을 주는지가 주로 오염 정도를 예측하게 하는 부분이라면, 주거지 주변의 산의 면적과 높이, 산 주변의 이용 실태, 산과 동네의 연결 관계 등은 자연이 주거지역과 어떤 관계로 자리 잡고 있으며 지역주민이 자연과 얼마나 가깝게 살아가고 있는지를 짐작하게 했다.

이 모든 요소를 지도를 보며 일일이 확인하고 면밀히 관찰한 뒤, 가장 적합해 보이는 곳을 예측하고 찾아보았다. 눈이 빠져라 검색한 끝에 마침내 적당한 곳이 발견되었다. 며칠 뒤 직접 찾아가 확인해보니 역시 예상대로였다. 지은 지 오래된 아파트였는데, 도시의 끝 가장자리 산 아래 위치하고 있어 소음 공해로부터 자유로울 뿐 아니라 주위를 지나는 큰 도로가 없어 안전했다. 등산로가 집 바로 앞에 있어 언제든 산을 오를 수 있는 한편 산 아래의 토지는 주말농장으로 이용되고 있어 조용하고 평화로워 보였다. 상당히 넓게 형성된 주말농장을 보면 텃밭 농사를 짓는 주민이 꽤 많은 듯했다.

산이 가깝고 주말농장이 잘 형성된 곳이라면 이곳 주민들은 자연과 친밀한 사람들이 아닐까. 단순히 주변 환경으로 짐작한 것뿐이지만 나의 추측은 신빙성이 있었다. 간간이 보이는 등산복 차림의 사람들, 금방 딴 텃밭 작물을 손에 들고 나르는 어르신, 놀이터에서 거침없이 맨발로 뛰노는 아이들이 내 생각을 뒷받침해 주었다. 그런 모습으로부터 나는 확신했다. 이곳이 살만한 곳이라는 것을.

※

우리는 2층에 집을 얻었고, 창밖으로 긴 산자락과 함께 백목련, 자귀나무, 계수나무, 단풍나무로 둘러싸인 베란다를 가졌다. 비록 반대쪽으로 고개를 돌리면 여지없이 고층 아파트가 보였지만 적어도 우리는 산을 바라보며 하루를 보낼 수 있었다. 이곳이 바로 우리가 앞으로 살아갈 서식지다.

우리 동네의 초록 지도

우리는 곧잘 산을 찾았다. 주말이면 으레 산에 올라 발에 흙을 묻히고 계절마다 다르게 핀 들풀을 만나며 포르르 날아가는 새를 눈으로 좇았다. 산이 높지 않아서 이른 아침 운동삼아 쉬이 다녀와도 좋고 마땅히 할 일이 없는 오후에 가도 좋다. 신기하게도 강원도에 살 때보다 산을 더 자주 올랐다. 산이야말로 우리 동네에서 가장 생생하게 살아 있는 자연이자 큰 쉼을 주는 초록의 공간이기 때문이다.

산 아래에는 그리 크지 않은 소나무 밭과 작은 숲 놀이터가 있다. 이사 오기 전부터 지도를 보며 산책하기 좋은 길로 눈도장을 찍어둔 곳이다. 높다란 소나무가 놀이터 사이사이에 심어져 숲길을 이루고 통나무로 만들어진 놀이기구는 아늑하고 편안한 느낌을 준다. 공원과 달리 흙길이 난 작은 솔밭은 벤치에 앉아 조용히 쉬기에도 좋다.

등 뒤로는 아파트 숲이 있었지만 내 앞으로는 작은 산들과 논, 밭이 펼쳐져 있어 순간순간 이곳이 도시라는 사실을 잊는다. 다만 나중에 알게 된 아쉬운 소식이 있는데, 놀이터에서 내려다보이는 산 아래에도 곧 아파트가 들어설 거라고 한다. 소나무 숲 안에서 즐기는 한가로운 풍경의 여유도 얼마 남지 않은 듯하다.

소나무 밭을 지나 자전거길을 따라 조금 더 걸어가면 동네에서 가장 큰 공원이 나온다. 아이들과 자전거를 타는 날이면 꼭 들르는 곳인데, 무엇보다 공원을 중심으로 작은 하천이 흐르고 있어 좋다. 산줄기에서부터 물이 흘러나와 수질이 크게 나쁘지 않은 것도 얼마나 다행인지.

하천을 따라 길게 자리잡은 공원은 옆 동네까지 이어지며 도심 속 단비 같은 공간으로서의 역할을 톡톡히 하고 있다. 사람들의 이용도와 표정, 그곳에서의 활동을 보면 알 수 있다.

반려견 놀이터부터 시민주말농장, 테니스장, 어린이 놀이터까지 다양한 활동이 가능한 공원은 언제나 활력이 넘친다. 늘 조용한 산책만 즐겨온 우리로서는 가끔 어수선하고 방해받는 기분이 들기도 하지만, 다른 한편으로는 도시의 공동체가 주는 에너지를 경험할 수 있다. 공원의 자연은 상당히 제한적이긴 하지만 사람들이 함께 모이고 즐기는 측면에서 나름의 역할이 있다.

＊

    가끔은 가벼운 마음으로 자전거에 올라타 집 주변으로 이어진 초록의 공간들을 여행하듯 달린다. 그것은 내가 계획하고 원했던 우리의 도시 생활이기도 하다. 나는 이미 이사 오기 전부터 위성지도를 통해 집 주변의 녹지 공간을 모두 파악한 후 일종의 초록지도를 만들어놓았다.

    산을 오르는 일도 좋지만 가족과 함께 걸으면서 혹은 자전거를 타고 산책하는 시간이 우리에게 주는 의미가 크기에 초록지도는 반드시 필요했다. 상상했던 대로 우리는 초록의 공간을 따라 걸었고 꽃을 만났고 얼음을 깨거나 물에 발을 담그며 자연을 즐긴다. 일부 제한적이고 그저 맛보기 정도의 활동이긴 해도 그것만으로도 충분히 자연과의 연결끈을 이어갈 수 있다. 거대한 아파트숲 안에 살지라도 우리는 우리 삶에 필요한 것을 정확히 알고 있으며, 틈틈이 그것들을 찾아 나선다.

다시 만난 물까치

"엄마, 잠깐 나와봐! 아기 물까치가 나무에서 떨어졌나 봐!"

다급한 목소리에 신발을 대강 구겨 신고 아이를 따라 아파트 앞 화단으로 달려갔다. 흥부전에 나오는 제비도 아니고 물까치가 바닥에 떨어져 있다니 나로서도 무슨 일인지 궁금해 발걸음이 빨라졌다.

아이 말대로 커다란 나무 아래 물까치 모습의 어린 새가 날지 못하고 웅크리고 있었다. 아이의 놀이터 친구 한 명이 그곳을 지키고 있었는데 어린 새가 귀여운지 집게손가락으로 새의 등을 연신 쓰다듬고 있었다. 여러 사람이 나타나자 위협을 느낀 어린 새는 자리에서 일어나 종종걸음으로 도망을 가려 했다. 하지만 아직 날지 못하는지라 다시 자리에 주저앉아 버렸다. 어쩐지 안쓰러웠다.

"엄마, 얘를 어쩌지? 나무 위에 올려줄 수도 없고……."

어린 새를 구경하느라 잠시 정신이 팔렸던 나는 아이의

걱정스러운 목소리에 다시 상황을 인식했다. 나도 처음 겪는 일이어서 뾰족한 방법이 생각나지 않았다. 아직 날 줄 모르는 어린 새가 땅에 있는 것을 보면 실수로 떨어진 것 같은데, 다시 둥지로 올려줄 방법을 알 수 없었다.

아이는 걱정을 하면서도 어린 물까치를 만져보고 싶어 손을 가까이 가져가서는 살며시 들어올렸다. 새를 만져보는 것이 소원이라던 아이가 이 기회를 놓칠 리 없었다. 새는 조금 겁을 먹은 것처럼 보였지만 생각보다 얌전히 아이 손에 앉아 있었다. 그때 나무 주변에서 물까치 소리가 시끄럽게 들려왔다. 시골집에서도 자주 들었던 소리라 쉽게 알아챌 수 있었다. 늘 무리 지어 다니는 특성상 새끼가 나무에서 떨어진 것을 분명 알고 있을 듯했다. 고개를 들어 위를 보니 근처 나무 여기저기에 서너 마리의 물까치가 앉아 우리 쪽을 향하고 있었다. 경고를 하듯 점점 더 큰소리로 울부짖는 모습이 심상치 않아 더 이상 아기 새 근처에 머물면 안 될 것 같았다.

"얘들아, 저기 부모 새가 온 것 같으니까 아기 새를 여기 내려놓고 자리를 피해주자."

우리는 아기 새를 풀숲에 내려놓고 자리를 비워주었다. 가족 간 유대감이 끈끈하기로 소문난 물까치이니 분명 아기 새를 둥지로 데려가지 않을까 싶었다. 무엇보다 길고양이라도 먼저 오면 큰일이라 그전에 부모 새가 빨리 행동을 해야 하는 상황이었다. 그렇게 아이들은 놀이터로, 나는 집으로 돌아왔다. 잠시 뒤 아이는 집으로 뛰어 들어와 말했다.

"엄마, 아까 다시 가봤는데 아기 새가 없어졌어. 주변에 물까치도 안 보이고. 무사히 데려갔겠지?"

아이는 아기 새를 더 볼 수 없어 아쉬워하는 마음 반, 잘 돌아갔으면 하는 마음 반인 것 같았다.

"그럼, 분명 잘 데리고 갔을 거야."

"엄마, 그런데 아까 아기 새 쓰다듬었을 때 털이 정말 부드럽더라. 나 새를 꼭 한번 만져보고 싶었는데 여기 와서 만져보게 될 줄 진짜 몰랐어."

아이는 오늘 일이 믿기지 않는다는 듯 발그레한 볼에 웃음이 떠나지 않았다.

정말 그랬다. 춘천 시골집에서 매일 인사했던 물까치를 여기에서 이렇게 다시 만나게 될 줄이야. 게다가 어린 새를 직접 만져보기까지 하다니 오늘의 사건은 아이의 추억 속에 고이 간직될 일이었다. 화단 깊숙이 숨어 있던 아기 물까치를 용케 발견한 아이의 관찰력도 한몫한 것은 물론이다. 아이들은 언제나 어른들이 볼 수 없는 것들을 발견해내는 용한 재능을 갖고 있다.

※

이 일을 계기로 우리는 동네 산책을 할 때 더 자주 나무

위를 올려다보게 되었다. 똑같은 물까치임에도 우리 동네에서 만나니 더욱 귀하고 반갑게 느껴졌다. 관심을 갖고 바라보자 이곳에 비단 물까치만 사는 것이 아니었다. 참새, 까치, 곤줄박이, 박새, 직박구리, 뱁새 등 생각보다 많은 새들이 이합집산의 모습으로 함께 살아가고 있었다. 새벽녘에 산에서 들려오는 알 수 없는 새소리까지 더한다면 수십여 종의 새들이 더 있을 것이다. 산은 분명 새들의 중요한 서식처였다. 산이라는 큰 터전이 있기에 그곳의 새들이 동네로 내려와 유실수의 열매를 먹기도 하고 청명한 새소리를 들려주었다. 도시에 산다고는 하나 이곳의 물까치도 춘천의 물까치만큼이나 풍요로운 자연을 누리고 있는 듯했다. 새들이 건강히 살아간다는 것은 우리에게도 좋은 신호였다.

반가운 퇴비장

앞산 아래에는 꽤 넓은 면적의 논과 밭이 있었다. 개인 소유로 경작하는 곳도 있고 주말농장으로 이용되는 대규모의 밭도 있어서 이사할 때부터 텃밭에 눈독을 들이고 있었다. 봄이 오기 전에 서둘러 텃밭 부지를 분양받고 싶은 마음에 전화번호가 적힌 팻말을 유심히 봐두었다가 전화를 걸었다.

전화를 받으신 어르신은 아쉽게도 대기자가 있는 상황이어서 분양이 어려울 거라고 하셨다. 이사 온 지 얼마 되지 않아 주말농장 자리를 얻기가 쉽지 않은 듯했다. 아는 사람도 없고 물어볼 곳도 없으니 막막했다. 이대로 올해는 텃밭을 포기해야 하는 걸까.

※

도시로 오면서 텃밭에 큰 기대를 하진 않았다. 주변 주말농장에 빈 자리가 있을지도 확실치 않았고 한 해 정도는 낯선 곳에 자리를 잡느라 정신이 없을 것 같았다. 그럼에도 작은 텃밭이라도 찾아보고 싶었는데, 그 이유는 다름 아닌 퇴비 때문이었다.

나는 이사 후에도 채소나 과일에서 나오는 껍질들을 차마 쓰레기봉투에 버리지 못하고 따로 모아두고 있었다. 늘 퇴비장에 쏟아 흙으로 돌려보내던 것들을 갑자기 쓰레기통에 버리려니 맘이 편치 않았다. 나에게 그것은 쓰레기가 아니었다. 비록 채소의 먹지 못하는 부위들을 모아둔 것이라 해도 그것들은 유기물이며 흙에 유용한 물질로 돌아갈 수 있는 일종의 자원이었다.

나는 잘게 자른 채소 찌꺼기를 햇볕에 가능한 한 바싹 말려 스티로폼 통에 넣고 근처 화단에서 퍼 온 흙으로 덮었다. 퇴비장이 있다면 말릴 필요 없이 그냥 쏟아부으면 되는데, 아파트에서는 이렇게 하지 않으면 벌레나 곰팡이가 생기기 십상이었다.

여러모로 손이 많이 갔지만 하는 데까지 해보자 생각하고 퇴비를 만들어갔다. 하지만 힘들게 만든 퇴비는 막상 쓸 곳이 없었다. 작은 텃밭은 고사하고 어디 줄 데도 없는 상황에서 퇴비를 만드는 일은 마음의 부담이 되었다. 그럼에도 멈출 수 없었던 건 그것이 내 일이라 생각했기 때문이었다.

＊

　그러던 어느 날 한 주말농장의 공고를 보게 되었다. 집에서 차로 10분 정도 거리에 위치한 곳이었는데, 텃밭 분양뿐 아니라 모종과 농기구도 제공해주고 유기농법 지도도 해준다고 했다. 또 텃밭에서 나온 농작물과 가을에 심은 배추로 함께 김장을 해서 어려운 이웃과 나누어 먹는 활동을 한다고 했다.

　텃밭을 좋아하는 아이들과 주말에 나가 땀도 흘리고 얼마간의 채소를 수확하며 이웃과 나눔까지 한다니 우리 가족에게 더없이 즐겁고 뜻깊은 활동이 될 것이었다. 나는 바로 신청을 했고 다행히도 운 좋게 분양을 받았다. 자그마한 공간이었지만 도시에서도 텃밭 농사를 계속할 수 있다는 것은 예상치 못한 기쁨이었다.

　무엇보다 반가웠던 것은 텃밭 한쪽에 도시 농부들을 위해 만들어놓은 퇴비장이었다. 많은 사람들이 이용하게끔 나무틀로 넉넉히 만들었을 뿐 아니라 음식물을 덮는 데 필요한 낙엽, 숯, 볏짚까지 한옆에 잘 구비되어 있었다. 퇴비를 만드는 방법도 어렵지 않아서 음식물 찌꺼기만 가지고 오면 쉽게 퇴비화할 수 있었다.

　혼자 고군분투하며 어렵게 퇴비를 만들고 있었기에, 퇴비장을 본 순간 나도 모르게 감탄사가 흘러나왔다. 이제는 땅에서 얻은 음식을 다시 땅으로 돌려보내는 일이 훨씬 수월

해질 것이고, 혼자가 아닌 공동체로 함께 생각을 실천해나
갈 수 있을 것이다. 두 평 남짓한 그 작은 공간은 내 마음에
큰 힘을 실어주었다. 부디 이 공간을 많은 사람들이 함께 이
용해서 각 가정의 음식물 찌꺼기를 쓰레기가 아닌 퇴비로
만들기를 나는 간절히 바랐다.

하지만 나중에 전해들은 이야기로는 도시 농부들의 퇴비
장 이용도가 그리 높지 않다고 했다. 퇴비장이 익숙지 않은
사람들에겐 여전히 쓰레기통이 편한 것일까. 아니면 퇴비통
의 가치를 아직 잘 모를 수도 있다. 그럼에도 도시 안에 이런
공간이 있다는 것은 분명 희망적이었다. 이런 노력을 기울
이는 분들이 계시고 텃밭 활동을 통한 지속적인 환경 교육
이 병행된다면 변화는 꼭 올 것이다. 나에게도 변화가 찾아
왔던 것처럼.

※

우리 가족은 주말 아침이면 모자를 쓰고 장화를 신고 일
주일간의 음식물 찌꺼기를 들고 텃밭으로 향한다. 퇴비장에
음식물을 쏟고 작물들을 둘러보고 물을 주고 풀을 뽑고 수
확물을 거둔다. 한 시간 남짓한 텃밭 활동은 일상적으로 이
루어지지만, 이 시간은 우리가 여전히 자연 순환체계의 일
부임을 확인하는 시간이다.

땅에 농작물을 심고 가꾸고 수확하여 감사히 먹은 후 남

은 찌꺼기를 다시 땅으로 돌려보내는 일은 단순한 일일지언정 그 의미는 단순하지 않다. 그 활동은 우리가 무엇을 먹고 무엇을 버리는지 늘 환기시켜주고 깨어 있게 한다. 또한 작은 면적일지라도 우리 스스로 먹을 것을 경작하기 위해 땀을 흘리는 것이 어떤 의미이고 어떤 감사함을 느껴야 하는지를 잊지 않게 해준다. 도시에서도 여전히 텃밭은 우리가 잊지 말아야 할 자연의 가르침을 나지막이 일러준다.

주말엔 산으로

집 앞의 산을 주로 다니던 우리는 조금씩 활동 범위를 넓히기 시작했다. 바다와 계곡, 산과 같이 쉼을 줄 수 있는 자연의 공간을 찾아 지도를 보고 정보를 얻어 주말이면 집을 나섰다. 이런 습관은 춘천에 사는 동안 생긴 것인데, 어디든 가벼운 마음으로 떠나 하루를 온전히 자연 속에서 보내고 돌아오는 우리만의 휴식 방법이었다.

경기도의 상황은 많이 달랐다. 집을 나서자마자 꽉 막힌 도로가 우리를 맞이했고, 유명한 계곡이라고 해서 겨우 찾아간 곳엔 식당과 차들로 가득했다. 계곡 주변 도로는 식당에 가는 차들의 긴 행렬로 주차장이었다. 등산로를 겨우 찾아 힘겹게 오른 산은 아래에서 들려오는 소음 때문에 산행 내내 마음이 편치 않았다. 집으로 돌아가는 길에도 여전히 꽉 막힌 도로 위에서 우리는 모두 진이 빠져버렸다.

아이들과 주말을 즐기려 도심의 큰 공원에 구경 삼아 찾아간 적이 있었는데, 그곳 역시 구름 같은 인파로 가득했다. 다닥다닥 돗자리를 펴고 최소한의 공간을 가까스로 지켜내며 인공의 자연을 즐기는 사람들. 돗자리 사잇길로 간신히 걸으며 문득 여기선 쉴 수 없으리라 생각한 순간 큰아이가 말했다.

"엄마, 그냥 집에 가는 게 좋겠어. 여긴 사람이 너무 많다."

혼잡함이 익숙하지 않은 아이들이 인파가 불편했는지 돌아가고 싶어 했다. 결국 우리는 집 앞의 공원으로 발길을 돌렸다. 조용한 쉼이 중요한 우리에게 잘 알려진 공원은 그저 피하고 싶은 번잡한 공간일 뿐이었다.

이제 우리는 어디에서 새로운 자연을 만날 수 있을까. 고민이 깊어졌다. 집 앞에서 즐기는 여유도 좋지만 더 넓은 자연 환경과 풍경에 대한 갈증도 있었기 때문이다. 우리는 우리만의 방식으로 자연을 만나는 방법을 찾아야 했다. 조용함 속에 정신적 충만함을 얻을 수 있는 진짜 자연을 만나고 싶었다.

✳

우리에겐 최소한의 고요와 여유가 필요했다. 그것은 자연을 만나는 데 무척 중요한 요소였다. 산을 오른다 할지라도 발아래 핀 들꽃을 바라보고 신기한 자연물에 눈길을 주며 처음 듣는 새소리에 고개를 돌릴 수 있기를 바랐다. 뒷사람에 밀려 쫓기듯 오르는 산은 운동코스일 뿐 자연을 감각하고 즐기는 방법이 아니다.

우리에게 휴식은 자연 속에서 숨을 들이쉬고 내쉬며 빈 공간을 느끼는 것이었다. 자연 속에서 나의 존재를 발견하고 주변의 생명을 받아들이며 공생共生을 감지하는 일이었다. 그러한 감각은 부지불식간에 이루어져 우리가 이 세계에 속해 있다는 근원적 안정감과 편안함을 주었다. 자연이 주는 이러한 느낌과 감각이 충족될 때라야 비로소 다시 내일을 살아갈 힘과 쉼을 얻었다.

방향 전환이 필요했다. 사람들이 좋아하는 곳이 아니라 우리가 좋아하는 곳을 찾아야 했다. 인공의 자연보다는 본래의 자연스러움을 간직한 곳, 자연을 감각할 수 있는 한적한 곳은 어디일까. 나는 지도를 보다가 지역마다 작은 산들이 있는 것을 발견했다. 관광지라기보다는 야산에 가까운 곳들이었다. 물론 그런 야산들도 산책로나 등산로가 개발되어 동네 주민들은 많이 이용하지만 다른 관광지에 비하면 주말에 인기가 덜한 곳이었다.

역시 예상은 틀리지 않았다. 인근 도시들이 품은 작은 산들을 찾아 오르니 매우 만족스러웠다. 지역마다 숨어 있는 작은 산들은 조용한 것은 물론이고 무엇보다 사람들에게 쫓기듯 걸을 필요가 없었다. 길을 걷다 잠시 멈춰 서서 나무들의 겨울눈을 관찰하기도 하고 산책로 주변 나무에 핀 신기한 버섯들을 구경하거나 바닥에 떨어진 열매들을 주워 한 손에 쥐고 돌아오기도 했다. 새소리, 바람 소리를 듣고 아이 들과 이야기도 나누며 휴식 같은 휴식을 즐길 수 있었다. 강 원도에서 그랬던 것처럼.

＊

우리는 매주 산으로 향한다. 지도를 펼쳐 어느 지역의 어 떤 산으로 갈지 정하고 약간의 간식과 물을 챙기면 그만이 다. 얕은 산도 좋고 높은 산도 좋다. 가끔은 척박하고 가끔은 풍요로운 산길을 걸으며 아직 우리 곁에 남아 있는 자연에 감사함을 느낀다.

베란다 정원

"엄마, 내가 씨앗을 심은 데서 싹이 나왔어!"

얼마 전 딸아이가 산딸기를 먹다가 그중 하나를 심은 작은 화분에서 싹이 나왔다. 설마 싹이 날까 하는 마음에 관심을 두지 않았는데 아이가 열심히 물을 주더니 정말로 싹이 텄다. 우리는 화분 앞에 앉아 한참을 들여다보았다. 이렇게 반갑고 신기할 수가!

춘천에 살 때 과일을 먹으면 아이들은 언제나 씨앗을 따로 빼달라고 했다. 씨앗을 몇 개 쥐여 주면 밖으로 뛰어나가 그것을 텃밭에 심었다. 아이들에게 씨앗이란 땅에 심어야 하는 존재 같았다. 한번은 첫째가 먹던 사과의 씨를 심었는데 얼마 뒤 싹이 나오더니 쑥쑥 크는 것이 아닌가. 기대도 하지 않았던 씨앗에서 싹이 나자 우리 모두 어리둥절했다.

그때의 기억 때문인지 아이들은 습관처럼 채소나 과일의 씨앗을 보면 그냥 지나치지 못했다. 아파트에 와서도 아이들의 호기심은 여전해서 베란다엔 각종 씨앗을 심은 화분들이 줄지어 있었다. 어떤 씨앗은 끝내 싹트지 않기도 했지만 어떤 씨앗은 불쑥 싹이 올라와 우리를 놀라게 했다. 이번에 싹이 난 산딸기도 설마 했던 씨앗이었다. 어떻게 커갈지 내심 기대가 된다.

베란다에는 아이들의 씨앗 화분 외에도 채소의 뿌리들이 줄지어 심겨 있다. 파와 양파는 흙에, 무와 당근, 배추는 얕은 물에 담가 햇빛이 드는 곳에 두면 초록의 잎들이 조금씩 올라온다. 집에 텃밭이 있을 때도 이렇게 잎을 키워 땅에 심었는데, 먹기 위해서라기보다는 그저 초록의 잎이 나오는 모습을 보기 위해서였다. 아파트에서도 햇빛이 들기만 하면 초록의 잎을 키울 수 있으니 어쩌면 당근의 꽃까지 보게 될지도 모른다. 무엇이 되었든 초록의 잎이 자라나는 모습은 행복을 주었다. 나와 아이들은 그저 할 일 없이 그 앞을 서성이며 잎이 나오는지, 얼마나 컸는지 살피곤 했다. 잘린 뿌리 조각에서 싹이 나는 모습은 언제 보아도 신통했다.

※

아파트로 이사 온 후 일어난 변화 중 하나는 집 안의 화초들에 자꾸 눈길이 가는 것이었다. 시골집에서는 바깥 정원과 텃밭에 온통 신경을 쓰느라 집 안의 화분들을 홀대했는데, 여기에 와서는 괜스레 다가가 내 손길이 필요한 곳은 없는지 이리저리 살핀다. 춘천에서부터 쭉 함께 살아온 아라우카리아와 사랑초, 러브체인, 스킨답서스, 장미허브 등이 내 오랜 친구다.

무언가를 돌보던 습성 때문인지 아니면 바깥 공간이 사라진 허전함 때문인지, 집 안 식물들을 들여다보는 시간은 점점 길어졌고 좀 더 많은 식물들과 함께 살면 좋겠다는 욕심이 생겨났다. 창밖으로 산도 보이고 멋진 나무들이 있었지만 알 수 없는 허기가 밀려들었다. 아마도 나에겐 풍경의 자연보다는 함께 교감하고 일상을 나누는 식물들이 더 필요한 듯했다. 나는 집 앞 화원에 들러 올리브나무와 한련화, 고무나무를 한아름 안고 돌아왔다. 또 부모님 댁에서도 아이비와 호야, 야자, 제라늄 등 주시는 대로 모두 받았다. 얼마 만에 부려보는 욕심인지 몰랐다. 베란다는 식물들로 가득 찼고 나는 만족스러웠다.

베란다엔 돌볼 식물들이 줄지어 있다. 어린 씨앗부터 몸뚱이가 잘린 뿌리들, 제대로 모습을 갖춘 화초들까지 다소 어수선하지만 각자 열심히 오늘을 살고 있는 사랑스러운 생명들. 마른 잎을 떼어주고 물을 주고 병이 없는지 살피는 등 얼마간의 수고로움은 들 것이다. 하지만 내가 이 식물들을 성심껏 돌보는 한 식물들도 나를 돌봐줄 것이라 믿어 의심치 않는다. 생명을 돌보는 일은 언제나 서로에게 작용하기 마련이니까.

시장 보러 가는 길

식탁에 앉아 일주일 치 식단을 짜고 필요한 식료품을 쪽지에 적었다. 구입할 재료에 따라 주머니와 용기를 준비해 시장바구니에 넣고 자전거에 올라탔다. 두 발을 굴러 시장을 보러 가는 길이다. 자전거 앞바퀴에는 바구니가, 뒷바퀴에는 상자가 달려 있다. 상자는 내가 매단 것인데, 일주일 치장을 보려면 앞의 바구니와 함께 꼭 필요한 짐칸이다. 빈 상자는 자전거를 구를 때마다 덜컹거려서 턱이 있는 곳에선 조심해야 한다. 보기에 썩 좋진 않아도 짐칸이 앞뒤로 있는 것은 여러모로 유용하다.

나는 작은 가게들이 모여 있는 동네 시장을 좋아한다. 과일이며 야채, 콩나물 등을 포장 없이 주머니에 담아 올 수 있어서다. 근처 두부 전문점도 준비한 용기를 드리면 오늘 만든 두부를 담아주신다. 두부집 아주머니는 언제부터인가 나를 알아보고 으레 용기를 달라고 손을 내미신다.

집으로 돌아오는 길에는 과일을 파는 할아버지 가게에 들렀다. 가능하면 팔아드리고 싶어 꼭 들르는 곳이다. 언제 가도 검은 비닐을 꼭 뜯으셔서 재빨리 주머니를 내밀지 않으면 애써 담은 과일을 도로 빼내야 했다. 가끔은 비닐을 아껴주었다며 덤을 주기도 하신다. 나처럼 주머니를 내미는 이가 많지 않은 걸까.

자전거 앞뒤로 시장 가방을 가득 싣고 다시 두 발을 굴러 집으로 돌아오는 길. 조용한 동네길 가로수에 앉은 새들이 보인다. 어슴푸레 붉은빛이 산 뒤로 물들었고 주말농장에서 농작물을 수확하는 아저씨 아주머니의 분주한 뒷모습도 보인다. 선선한 바람이 기분 좋은 저녁이다.

집으로 돌아온 나는 시장바구니에서 식료품을 꺼내어 정리하는 것으로 시장 보는 일을 마무리한다. 돌아오는 한 주도 감사한 마음으로 남김없이 알뜰하게 잘 먹자고 다짐하며.

새들의 방문

언제부터인가 낯선 새소리에 발걸음을 멈추고 나무 위를 올려다보는 일이 잦아졌다. 나뭇가지를 사이에 두고 앉은 새들이 대화를 하듯 주거니 받거니 지저귀는 소리에 어떤 새인지 궁금해 고개를 젖혀보지만 커다란 나무 끝에 앉은 새는 쉽사리 모습을 보이지 않았다. 파란 하늘 아래 파드득 날아가며 실루엣의 잔상만 남긴 채 사라져버리는 새들. 과연 언제쯤 너희들과 친해질 수 있을까.

겨울이 다가오면서 아파트 주변의 빈 나뭇가지 사이로 새들이 선명하게 보였다. 나뭇잎이 무성할 때와는 사정이 달랐다. 나무 사이를 이동하는 새들의 비행 모습은 물론이고, 나무에 매달린 열매를 야무지게 쪼아 먹는 모습도 분명하게 보였다. 드디어 새들과 가까워질 수 있는 계절이 온 것이다.

어느 겨울날 과일 껍질을 말리려고 베란다 밖의 철제 선반에 올려둔 채반 위로 새 한 마리가 날아들었다. 과일의 과육 부분을 찾기라도 하듯 껍질들을 부리로 이리저리 뒤적이더니 작은 조각 하나를 입에 물고 주변의 나무로 날아가 맛있게 먹었다. 몇 번을 오가며 먹은 후에도 미련이 남았는지 여기저기를 기웃거리며 먹을 것을 집요하게 찾는다. 쉽게 포기하지 않는 성격 같았다.

나는 베란다의 유리문 뒤에 서서 그 모습을 지켜보았다. 삐죽삐죽 솟은 머리털에 검게 빛나는 눈, 완만한 곡선형의 뾰족한 부리, 전체적으로는 회색빛 깃털을 가졌지만 얼굴 아래쪽에 작은 갈색 무늬가 있었다.

아! 이 녀석은 몇 해 전 시골집에서 만난 적이 있는 직박구리다. 그때는 멀리 전깃줄에 앉아 "삐이이—" 하는 소리를 내고 있어 잠시 호기심에 바라보았는데 가까이에서 그 생김을 관찰하니 전혀 다른 느낌이었다. 뾰족한 부리와 먹을 것에 대한 집착이 그 성격까지 짐작하게 했다.

예상치 않은 직박구리의 방문에 잔뜩 고무되어 다음 날엔 다른 종류의 먹이를 좀 더 올려놓기로 했다. 이번엔 견과류로 집에 있는 호두와 해바라기 씨를 작게 잘라 채반에 올려두었다. 곧 창밖으로 새들의 움직임이 감지되었다. 그런데 이번엔 다른 종류의 새들이었다. 포르르 날아와 고개를 이리저리 돌리며 눈치를 살피다가 호두 하나를 입에 물고 어디론가 날아가는 녀석. 작은 체구에 약은 모습을 한 곤줄박이라는 새였다.

이 녀석 또한 먹을 것을 어찌나 좋아하던지 한 주먹은 족히 올려둔 견과류를 수도 없이 오가며 싹 비워버렸다. 도감을 찾아보니 곤줄박이는 먹이를 집으로 가져가 저장하는 습성이 있다고 한다. 그래서인지 먹는 모습은 볼 수 없고 부지런히 입으로 물어 나르기만 했다.

그러던 중 갑자기 박새가 나타났다. 곤줄박이보다 좀 작은 체구의 박새는 먹이를 향해 다가오다가도 곤줄박이의 눈치를 보느라 줄곧 머뭇거렸다. 곤줄박이가 먹이를 물고 집으로 돌아간 사이 먹이에 접근해보지만 결국 재빠른 곤줄박이에게 걸려 매서운 공격을 받았다. 대항 한번 해보지 못하고 도망치듯 사라져 버리는 녀석. 예상컨대 곤줄박이가 호기심 많고 당찬 성격이라면 박새는 겁이 많고 소심한 듯했다. 그런 박새가 안쓰러워 다음 날 다시 먹이를 내놓고 기다려보았지만 재빨리 와서 물고 가는 건 역시 곤줄박이였다.

아파트 창가에서 만난 새는 이 정도에 그치지 않았다. 창가에 서성이며 기다려보자 작고 귀여운 새들도 찾아들었다. 바로 뱁새와 동박새였다. 뱁새는 붉은머리오목눈이라고도 불리는 새로, 무리 지어 다니는 모습이 얼핏 참새와 닮았다. 처음엔 참새인가 싶었는데 자세히 보니 머리와 몸통이 통통

하게 이어져 있는 모양새가 조금 달랐다. 어찌나 작고 귀여운지 눈을 뗄 수가 없었다. 우리나라 전역에 산다는 이 흔한 텃새를 난 어째서 이제야 처음 본 것일까? 멀리서 언뜻 보았다면 참새라 생각했을지도 모르겠다.

　동박새도 처음 보았는데, 어여쁜 연둣빛 깃털에 눈가에는 흰 테가 동그랗게 둘러져 있었다. 가정에서 기르는 새만큼이나 예쁘고 화려해서 내가 잘못 본 것인지 착각이 들 정도였다. 그 이름이 꼭 알고 싶어 동박새의 모습을 사진 찍듯 자세히 관찰한 뒤 달려가 도감을 찾았다. 도감에서는 동박새를 남부 지역에 흔히 사는 새라고 했다. 다만 최근 들어 기후 변화로 인해 경기 북부 지역에서도 관찰된다고 한다. 우리 집 창가에서 어여쁜 동박새를 만난 것이 다름 아닌 기후 변화가 가져다 준 혜택이라니! 동박새가 반가우면서도 마냥 반가워할 일은 아닌 듯했다.

얼마 안 되는 먹이를 내어주고 거실 창가에서 사랑스러운 새들을 볼 수 있으니 작은 호의에 과분한 선물을 받은 기분이었다. 우리는 그 선물에 보답하는 마음으로 겨울 내내 과일 몇 쪽, 견과류 몇 알, 그리고 약간의 물을 베란다 밖에 항시 준비해두었다. 한번 와서 먹이를 먹어본 새들은 하루 한번씩은 꼭 들러 먹을 것을 찾았다. 먹이는 대부분 직박구리와 곤줄박이의 차지였는데 아무리 다른 새들에게 나눠주고 싶어도 그것만큼은 우리 마음대로 되지 않았다.

그렇게 하루 이틀 지내면서 새들의 방문은 특별한 일이 아닌 평범한 일상이 되었다. 밥을 먹다가, 청소를 하다가 잠시 고개를 들어 밖을 보면 잠시 들른 새들이 밥도 먹고 물도 먹으며 쉬는 모습이 보였다. 한편으로는 참 신기했다. 그토록 손에 닿지 않았던 새들과 이렇게 가까워진 것이 말이다. 겨울은 새들과 친해지기 가장 좋은 계절임에 분명하다.

발자국 앞에서

아침에 일어나 창문을 열어보니 밤새 눈이 내렸다. 앞산의 나무들은 메마른 회색빛 대신 새하얀 실루엣을 드러냈고 이따금씩 들려오는 산새 소리는 코끝에 와 닿는 아침 공기만큼이나 깨끗했다. 눈 내린 아침의 산이란 그저 바라만 보아도 좋지만, 언젠가부터 간절히 원한 것은 눈 내린 산에 올라 눈을 밟으며 산속 공기를 마음껏 마셔보는 것이었다. 상상만으로도 몸과 마음이 뻥 뚫릴 것 같았다. 어쩌면 지금이 바로 그 순간이 아닐까. 나는 갑자기 마음이 급해졌다.

'그래, 바로 지금이야!'

나는 아직 잠자리에 있는 남편과 아이들을 흔들어 깨웠다. 눈 밟으러 산에 가자는 말에 아이들은 졸린 눈을 비비면서도 고개를 끄덕였다. 싫진 않은가 보다. 큰아이는 한술 더 떠서 오늘 딱따구리 소리를 들으면 좋겠다고 했다. 얼마 전 남편이 아침 산에 오르던 중 우연히 딱따구리 소리를 들었다고 했는데 내심 궁금했던 모양이다. 눈 오는 날 듣는 청명한 딱따구리 소리라. 나도 기대가 되었다.

※

이른 아침 산으로 가는 길에는 벌써 산길을 지나간 사람들의 발자국이 눈에 띄었다. 그럼에도 인기척은 전혀 느껴지지 않아서 마치 고요한 눈 속 세상에 우리 가족만 존재하는 것 같았다. 눈이 온 숲은 바깥보다 안에서 바라볼 때 더욱 아름다웠다. 나무들과 눈이 만들어낸 아름다운 그림은 발길을 옮길 때마다 탄성을 자아냈고, 숲길을 따라 아침 햇살을 받으며 걷는 기분은 가슴 벅차게 청량했다.

"쉿! 조용히 해봐. 딱따구리 소리가 들려!"

큰아이 말에 우리는 순간 멈칫한 채 숨을 죽였다. 저 멀리서 딱딱딱딱 하는 소리가 울려 퍼졌다. 주기적으로 들려오는 걸 보니 딱따구리 소리가 맞다! 우리는 동그란 눈으로 서로를 바라보았다. 핸드폰에 소리를 담기도 하고, 딱따구리가 어디에서 소리를 내고 있는지 고개를 쭉 빼고 찾아보기도 했다. 아쉽게도 모습은 보이지 않았다. 그렇다 해도 우리가 원했던 딱따구리 소리를 들은 것은 큰 수확이었다.

※

산 정상에서 내려오는 길에 앞서가던 딸아이가 멈칫하더

니 손가락으로 무언가를 가리켰다. 다가가서 살펴보자 나란히 모아진 작은 두 발이 계단을 따라 귀엽게 남긴 발자국이었다.

"이게 누구 발자국이지?"

"고양이는 아닌 것 같고, 토끼인가?"

"토끼라기엔 좀 작지 않아? 다람쥐나 다른 작은 동물일까?"

우리 가족은 작은 발자국 앞에 모여들어 함께 머리를 맞대고 모양을 유심히 관찰했다. 아이들은 발자국 모양대로 두 발을 모아 폴짝이며 어떤 동물일지 유추하기도 하고, 손으로 발자국 크기를 재며 고개를 갸우뚱거리기도 했다. 각자 의견이 분분했지만 어느 누구도 정답을 알지는 못했다. 발자국은 산에서 내려가는 길에도 몇 번 더 발견되었고 우리는 그때마다 잠시 멈춰 서서 생명체의 흔적을 살펴보았다.

"엄마, 이렇게 발자국이 자꾸 나오는 걸 보면 이 산에 동물들이 많이 사나 봐. 눈이 안 왔을 땐 동물이 살고 있는지 몰랐는데."

딸아이가 새삼 주변을 두리번거리며 말했다. 혹시라도 덤불숲 어딘가 우리가 예상치 못한 동물이 숨어 있을지 모른다는 듯. 맞는 말이었다. 딸아이 말처럼 산에 내린 눈은 우리가 늘 다니지만 미처 몰랐던 숲속 생명들의 존재를 일깨워 주었다. 우리 눈에 보이지 않을 뿐 어딘가에서 살아가는 숲의 주인들이다.

늘 오르던 앞산임에도 오늘 산에서 받은 인상은 오래 두고 기억될 것 같았다. 현실 세계 같지 않은 눈의 절경 속에서 들은 청명한 딱따구리 소리와 주인을 알 수 없는 발자국을 따라 걸은 산길은 우리가 그동안 체험하지 못했던 산의 또다른 모습이었다. 비록 그리 크지 않은 동산일지라도 산은 분명 무수한 생명을 품은 공간이었다.

※

눈 위의 발자국 앞에서 발견한 또 한 가지는 가족을 향한 고마움이었다. 눈이 내린 고요한 산속에서 모두 모여 앉아 작은 생명에 대해 이야기를 나누는 동안, 나는 한 발짝 뒤로 물러서서 그 모습을 물끄러미 바라보았다. 어찌 보면 평범하기 그지없는 가족의 풍경이었다. 하지만 이렇게 마음을 모아 한자리에 서기까지 얼마나 오랜 방황의 시간을 보냈던가. 나락으로 떨어질 듯 위태로운 눈빛으로 춘천을 찾았을 때와 비교하면 우리 모두 긴 겨울을 이겨내고 한 나무로 만나 함께 새순을 틔운 것만 같았다.

늦게 합류했지만 아이들과 눈을 맞추며 자연에 귀 기울이려는 노력을 아끼지 않는 남편과, 이제는 게임이 더 좋은 건가 못내 아쉬운 마음이 들다가도 자연에 나오면 누구보다 예민한 관찰력을 보이는 첫째, 활동적인 만큼 호기심도 많

고 누구보다 생명을 사랑하는 마음이 가득한 둘째까지, 산
길을 따라가듯 같은 곳을 향해 걷는 바로 지금이 우리에게
내린 무한한 축복이 아니면 무엇일까. 이젠 진심으로 서로
에게 기대어 소박하고 겸허한 일상을 이어갈 수 있기를 나
는 마음으로 기도했다. 두 발을 땅 위에 단단히 딛고 우리에
게 주어진 오늘 하루에 감사하며 진정한 행복이 무엇인지
선명하게 느낄 수 있다면 삶은 그것으로 충분할지니.

부지런한 삶

언제나 내 삶에 가장 바랐던 것은
부지런함이었다.
다시 돌아오지 않을 오늘과
내가 사랑하는 모든 생명들과
생을 통해 실천할 수 있는 가치를 향해.
삶이 얼마나 짧은지 깨달은 순간
죽음이 얼마나 가까이 있는지 발견한 순간
나는 그동안 진짜라고 믿었던 삶의 거죽들을 걷어내었다.
더 편리하고 더 아름답고 더 멋진 것이 아닌
가장 인간적인 삶을 찾고 싶었다.
그것은 대단할 것 없는
오히려 소박하고도 가장 단순한 삶.
가족을 위해 밥을 짓고 바느질을 하며
새것 대신 헌것으로 대신하고
텃밭을 일궈 땅과의 연결점을 이어가며
일을 통해 내가 생각하는 사랑을 실천하는 일,

그 모두가 부지런함이 없다면
결코 갈 수 없는 길이다.
또한 사랑이 없다면
결코 부지런할 수 없는 길이다.
어제보다 오늘, 오늘보다 내일
나는 더 부지런한 삶을 꿈꾼다.
내 안에 생과 생명에 대한 사랑을 키워나가며
나의 두 손으로 그 사랑을 실천하고 싶다.

생은 너무나 짧기에.

다시 꾸는 꿈

여전히 그리운 것은 산책길에 만나는 담장 너머의 사과나무, 밤나무, 대추나무들이다. 땅에 떨어진 밤톨을 주워 주머니에 넣고 유유자적 걸으며 길가의 들풀로 딸아이와 만들던 꽃다발, 거대한 산이 만드는 색의 변화를 눈과 마음에 담으며 다시 돌아오지 않을 오늘을 온몸으로 느꼈던 아침, 칠흑같이 어두운 밤의 포근함과 고개를 들면 늘 만날 수 있었던 무수한 별들, 언제든 찾아가면 나를 안아주던 산과 강의 위로와 아무런 방해 없이 들을 수 있었던 나뭇잎과 새들의 속삭임.

※

　도시의 삶을 살고 있지만 내 마음은 여전히 그곳에 있다. 눈을 감으면 떠오르는 자연의 잔상들. 그럴 때마다 다시 그곳으로 달려가고 싶은 마음이 간절하다. 하지만 이제 그럴 수 없다. 나의 두 발이 선 곳은 바로 여기이므로. 또한 나는 이제 한 사람의 어른으로 살아가야 할 때가 되었다. 딸로, 아내로, 엄마로, 한 인간으로서의 책임을 다하며 내가 선택한 삶의 방향을 따라 한 발 한 발 내디뎌야 한다.

지난 시간들은 자연이 나를 한 사람으로 살아가도록 성장시키고 보듬어준 시간들이었기에 지금의 나는 충분히 단단하고 평화롭다. 어디에 살든 나에게 소중한 것을 지켜내며 삶의 방향을 흐트러짐 없이 이어나갈 수 있다. 언제나 찾아갈 수 있는 작은 자연을 가까이에 두고 마음이 지칠 때 위로를 받으며 살아갈 힘을 얻는다. 생명은 어디에나 있으니 다른 생명들을 통해 늘 나의 삶을 돌아보며.

다만, 마음속 깊은 곳의 그리움은 쉬이 사라지지 않는다. 자연이 주는 근원의 힘은 그 무엇으로도 대체될 수 없이 강렬하다. 또한 자연 속에 살아가는 사람들의 문화가 전하는 온기와 평화는 대도시에서는 맛보기 힘든 나눔이다. 내가 느끼는 그리움은 도시에서 살아가는 많은 사람들이 이미 잃어버렸거나 혹은 갈구하는 가장 인간적인 삶의 향기가 아닐지. 미처 맛보기 전에는 알 수 없는 저 너머의 삶처럼.

✻

여전히 꾸는 꿈, 그것은 다시 자연으로 돌아가는 것이다. 지역의 아늑함과 다정함을 간직한 시골 어딘가에 내 마지막 뿌리를 내리고 작은 밭을 일구며 좋아하는 식물을 뜰에 심어 꽃이 피고 열매 맺는 모습을 온 계절 속에서 즐기는 삶이다. 집안의 물건을 손수 만들어 일상을 보살피고 내 곁의 사람들과 사랑하며 나누며 살아가는 삶이다. 인간의 영향력을 잊지 않고 최소한의 삶을 위해 매일 더 노력하며.

그것이 언제가 될지 알 수 없지만 나는 그날을 향해 오늘도 부지런한 습관을 들이며 지금 이 자리에서 할 수 있는 일들을 하나씩 실천해 나간다. 신이 나를 다시 필연의 공간으로 부르실 그날까지 준비하고 또 준비하며.

식물

동물

본문 그림 설명